GW01057603

Heinrich Heine

Atta Troll. Ein Sommernachtstraum

Deutschland. Ein Wintermärchen

Heinrich Heine

Atta Troll
Ein Sommernachtstraum

Deutschland
Ein Wintermärchen

Mit einer Einleitung von

Karl-Heinz Ebnet

Die Reihe erscheint bei SWAN Buch-Vertrieb GmbH, Kehl
Editorische Betreuung: Karl-Heinz Ebnet, München
Gestaltung: Schöllhammer & Sauter, München
Satz: WTD Wissenschaftlicher Text-Dienst/pinkuin, Berlin
Umschlagbild: Christian Philipp Koester, Ausblick vom Stückgarten des Heidelberger Schlosses (Ausschnitt), Sammlung Schäfer, Schweinfurt

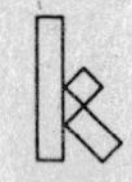

DIE DEUTSCHEN KLASSIKER

Gesamtherstellung: Brodard et Taupin, La Flèche
Printed in France
ISBN: 3-89507-002-5

Atta Troll
Ein Sommernachtstraum

Deutschland
Ein Wintermärchen

Einleitung

Heinrich Heine

La chose la plus importante, c'est que je suis né – Hauptsache geboren. So sah es Heine.

Da ein Brand alle Familiendokumente vernichtete, ist das genaue Geburtsdatum des Harry Heine, Sohn des Düsseldorfer Kaufmanns Samson Heine und dessen Frau Betty, bis heute nicht bekannt. Allgemein – scharfsinnige Argumente sprechen dafür – wird der 13. Dezember 1797 als sein Geburtstag angesehen.

In der Bolkerstraße 10 in Düsseldorf wuchs er auf, litt bereits früh an einer Überempfindlichkeit gegen Lärm, lautes Reden, Klavierspiel, 1807 kam er schließlich auf das Düsseldorfer Lyzeum und wurde dort – Deutschland stand unter französischer Besatzung und der Lehrplan war nach französischem Vorbild gestaltet – mit der französischen Sprache und Literatur konfrontiert.

1814 war die Zeit der Schulausbildung vorüber, was nun? Der Vater war Kaufmann, der Sohn sollte auch einer werden. Also nach Frankfurt, zur Vahrenkampschen Handelsschule, wo Harry statt Rechnungen Gedichte schrieb. Nach zwei Monaten war er wieder in Düsseldorf und sah ein, daß er als Bankier nichts taugte.

Nicht so sein Vater. Es gab noch den Onkel, Salomon Heine in Hamburg, Bankhausbesitzer, Millionär und einer der angesehensten Bürger der Stadt, dort absolvierte Harry eine kaufmännische Lehre und litt an der unerwiderten Liebe zu seiner Kusine Amalie. 1818 gab der Onkel ihm das Geld für ein eigenes Geschäft, das Kommissionsgeschäft in englische

Manufakturwaren »Harry Heine & Co.«, im Frühjahr 1819 war Heine pleite.

Der Onkel bewilligte nun das Jurastudium. Heine ging an die Universität nach Bonn, hörte dort begeistert August Wilhelm Schlegel und seine Ausführungen zur Romantik, und kam mit den freiheitlich-revolutionären Ideen der Burschenschaften in Berührung, die allerdings hier schon die chauvinistischen, deutschtümelnden Zwischentöne – später sollte die Reaktion sich daraus speisen – nicht verdekken konnten.

1820 dann Fortsetzung des Studiums in Göttingen, wegen eines Duells wird er von der Universität relegiert. 1821 immatrikulierte er sich in Berlin und erlangte bald Zutritt zum Salon von Rahel Varnhagen, für Heine *die geistreichste Frau des Universums.*

Neben der geistreichen Vornehmheit des Salons, wo er u.a. mit Humboldt, Hegel, Bettina von Arnim, Ranke, Chamisso und Fouqué bekannt wurde, verkehrte er in der Weinstube Lutter & Wegener, in der, weniger vornehm, Grabbe, E.T.A. Hoffmann und der Schauspieler Devrient soffen und Krawall schlugen.

Bei Maurer in Berlin erschienen 1822 die ersten Gedichte.

Erneut mußte er wegen einer Duellaffaire die Universität verlassen, nach einer Reise nach Polen setzte er das Studium 1824 in Göttingen fort, 1825 promovierte er zum Dr. jur. Davor allerdings lag, nach intensiver Beschäftigung mit seinem Judentum während der Berliner Zeit, die Konversion zum Protestantismus; er, der sich längst zum Skeptiker im Sinne Kierkegaards, wenn nicht zum Atheisten entwickelt hatte, zog, wie Arnim es sagte, das Christen-

tum an wie eine »Livree«. Fortan nannte er sich Christian Johann Heinrich Heine.
Und wieder die Frage: wie weiter?

Es erschienen *Die Harzreise* (1825), der erste Teil der *Reisebilder* (1826), das *Buch der Lieder* und der zweite Teil der *Reisebilder* (1827), zur selben Zeit wurde in Österreich und in den Rheinprovinzen der erste Teil der *Reisebilder* verboten. Kurze Zeit arbeitete er als Redakteur für Cottas »Neue Allgemeine Politische Annalen« in München, bewarb sich dort vergeblich um eine Professur, dazwischen Reisen nach Italien und England und verschiedene Aufenthalte auf Norderney.

1830 befand er sich auf Helgoland, als ihn die Nachricht von der Julirevolution in Frankreich erreichte. Hatte er kurz zuvor noch, trübsinnig aufs Meer starrend, scheinbar resigniert vor der Restauration in Deutschland, *diesem Land der Eichen und des Stumpfsinns*, geschrieben: *O Freiheit! Du bist ein böser Traum*, so wußte er nun wieder, was zu tun war. 1831 begab er sich nach Paris, ins »freiwillige Exil«.

Nur zweimal noch sollte er nach Deutschland zurückkehren, 1843, daraus resultierend *Deutschland. Ein Wintermärchen*, und 1844.

In Frankreich lebte er von seinen Einkünften als Journalist und freier Schriftsteller und von seinen Mäzenen: dem Baron Rothschild und, bis zu dessem Tod 1844, von seinem Onkel Salomon in Hamburg.

1835 setzte der Deutsche Bund Heines Schriften auf den Index, was seine finanzielle Situation als freier Schriftsteller merklich beeinträchtigte.

Wie überhaupt Heines Publikationsgeschichte in Deutschland von der Zensur geprägt ist: 1844 erschienen die *Neuen Gedichte* (darin *Deutschland. Ein Win-*

termärchen), die in Preußen sofort beschlagnahmt, in den übrigen Teilen Deutschlands verboten wurden, 1847 die erweiterte Fassung von *Atta Troll. Ein Sommernachtstraum* in Österreich verboten, und 1851 *Romanzero*, auch er wurde in Preußen, Bayern und Österreich verboten.

Offizielle Anerkennung fand er nur in Frankreich; 1835 gewährte die französische Regierung ihm eine jährliche Pension, die bis 1848 gezahlt wurde.

Und er lernte Crescentia Eugénie Mirat kennen, von ihm »Mathilde« genannt, die er 1841 heiratete – »Mathilde«, *die süßeste Verbringerin, die je auf der Welt ihren Mann gequält und beglückt hat*; unwissend, ungebildet – Freunde fragte sie, ob ihr Henri tatsächlich ein großer Dichter sei –, launisch, ungezügelt, temperamentvoll, herrisch, *durchaus keine stille Seele*, die er eifersüchtig liebte und die ihm ihre, ja, kindliche Liebe schenkte, auch während der langen Jahre in seiner »Matratzengruft«.

Der letzte, schmerzensreiche Akt in Heines Leben: seit seiner Kindheit litt er an ungewöhnlicher Reizbarkeit, dazu kamen die starken Kopfschmerzen, die ihn jahrelang quälten, 1832 dann die ersten Lähmungserscheinungen, an zwei Fingern, das Augenleiden, schließlich, immer häufiger, Magen- und Darmstörungen, 1848 dann: Rückenmarkschwindsucht, syphilitischen Ursprungs, wie man mutmaßt. In seiner Wohnung in der Rue d'Amsterdam lag er auf einem halben Dutzend aufeinandergeschichteter Matratzen, in einem *Grab ohne Ruhe*.

Acht Jahre lang lag er dort, Opiate und Morphium linderten ein wenig die Schmerzen. Er konnte kaum noch sprechen, kaum kauen und schlucken, auf allen vieren zog er sich durch das Zimmer, solange dies noch möglich war. Freunde und Bekannte, die ihn am Totenbett besuchten, Hebbel, Laube, Alexandre Dumas, Théophile Gautier, George Sand, Gérard de Nerval, verließen ihn verdüsterter als so manches anderen Grab.

Ein Jahr vor seinem Tod noch der Umzug in die Avenue Matignon 3 bei den Champs-Élysées. Die letzten Gedichte entstanden, er selbst, einsam, zum Skelett abgemagert. Im Sarg lag nur noch ein Kinderkörper.

Heinrich Heine starb am 17. Februar 1856. Er liegt auf dem Friedhof Montmartre begraben.

Atta Troll
Ein Sommernachtstraum

Wegen seines Kopfleidens, das sich verschlimmert hatte, reiste Heine im Juli 1841 mit seiner Frau Mathilde in das Pyrenäenbad Cauterets. Die Strauß-Affaire – Strauß hatte öffentlich behauptet, er habe Heine wegen dessen Ludwig Börne-Schrift geohrfeigt – erzwang jedoch die vorzeitige Abreise und endete schließlich im Duell, bei dem Heine durch einen Streifschuß an der Hüfte verletzt wurde.

Soweit der autobiographische Hintergrund.

Im Winter 1841 und im Frühjahr 1842 schrieb Heine die wichtigsten Teile des Werkes, das er im Oktober 1842 dem Stuttgarter Cotta-Verlag anbot. Da Heines Freund Heinrich Laube die Redaktion der Leipziger »Zeitung für die elegante Welt« übernommen hatte und um Beiträge bat, änderte Heine seine ursprüngliche Absicht.

Von Dezember 1842 bis März 1843 erschien dann der *Atta Troll* in dem Journal, wegen Laubes ängstlichem Taktieren in vielen Teilen jedoch stark verändert und seiner Spitzen gegen Staat und Kirche beraubt.

Heine war damit nicht zufrieden. Wiederholt sprach er von der Wiederaufnahme des Werks, erst 1847 kam dann bei Campe das Epos, erweitert und zu einem Drittel neu geschrieben, in Buchform heraus.

Ziel und Richtung des Epos waren aber von Anfang an klar; an Laube schrieb er 1842: *Und vielleicht in dem Gedichte, das ich Ihnen jetzt schicke, nimmt die Muse der Romantik auf immer Abschied von dem alten Deutschland.*

Die Muse der Romantik nimmt Abschied, die blaue Blume ist verschollen, wie es in Caput IV heißt: damit ist für Heine neben der dichterischen immer auch eine politische Zielsetzung ausgesprochen. Seine Spottverse über den schwäbischen Dichterkreis, Schwab, Pfizer, Mayer, Kerner, Uhland (Caput XXII), wenden sich nicht nur gegen deren selbstgenügsame Bescheidung auf Wald, Wiese, Feld und heimeliges Bimmeln der Kirchenglocken und ihre biedermeierlich-sentimentale Pathetik. Was Heine zugleich angreift, sind die impliziten politischen Auswirkungen dieser Lyrik: das Nicht-Zulassen der gesellschaftlichen Spannungen; das Höhersetzen der Tatsache, daß *man Nudeln kocht in Stukkert* statt gesellschaftliche Freiheit einzufordern.

Weit gefehlt aber, wollte man nun in *Atta Troll,* der ja den Aufstand probt, der großmäulig die Revolution der unterdrückten Tiere gegen den Menschen fordert, der Einheit, Gleichheit und Freiheit postuliert (Caput VI) - wollte man in ihm das positive Gegenbild zu den Werken der Biedermeierautoren sehen. Zu täppisch, unbeholfen, vergröbert und lächerlich erscheinen seine Reden, als daß ihre liberalen Inhalte noch ernst genommen werden könnten.

Seine Geschwätzigkeit wird den großen Idealen, die er im Maul führt, nicht gerecht, entwertet sie sogar und läßt sie zu bloßen Zitaten, zu leeren Worthülsen verkommen, genauer: seine politischen Formulierungen, hehren Anspruchs und hehren Inhalts, sind nichtssagendes Geschwätz.

Heine konfrontiert damit den liberalen Zeitgeist, wie er nicht nur zur damaligen Zeit in Deutschland herrschte. Die Berufung auf die Ideale der Freiheit, Einheit und Gleichheit, die sich die Burschenschaften

1819 noch inbrünstig aufs Panier schrieben, werden durch solches Reden, ohne Überprüfung an der gegenwärtigen, tatsächlichen Situation, Phrase und, schlimmer noch, mißbraucht zur vermeintlichen Legitimierung der bestehenden unfreien und ungleichen Verhältnisse.

Zugleich richtet sich die Kritik Heines an die sogenannte Tendenzliteratur eines Herwegh oder Hoffmann von Fallersleben, die, zwar von »richtiger« Gesinnung, Kunst unter dem Aspekt ihrer - in diesem Fall - politischen Verwendbarkeit produzierten. *Die wahrhaft großen Dichter*, schrieb Heine, *haben immer die großen Interessen ihrer Zeit anders aufgefaßt als in gereimten Zeitungsartikeln.*

Phantastisch zwecklos, sei Heines Lied somit, *zwecklos wie die Liebe, wie das Leben, wie der Schöpfer samt der Schöpfung!* (Caput III). Wobei zwecklos hier nichts anderes meint als die Weigerung der Kunst, sich den Subsumptionstendenzen, den Ver- und Entwertungsmechanismen der Gesellschaft zu unterwerfen.

Dem Bären Atta Troll geht es zwangsläufig ans Fell. Und auf seinem Grabstein steht ironisch: *Atta Troll, Tendenzbär; sittlich/Religiös; als Gatte brünstig; /Durch Verführtsein von dem Zeitgeist,/Waldursprünglich Sanskülotte;//Sehr schlecht tanzend, doch Gesinnung /Tragend in der zottgen Hochbrust;/Manchmal auch gestunken habend;/Kein Talent, doch ein Charakter!* (Caput XXIV).

Deutschland
Ein Wintermärchen

Im Oktober 1843 reiste Heine nach seiner Übersiedelung nach Paris zum ersten Mal nach Deutschland. Von Hamburg, wo er seine Mutter wiedersehen wollte, ging es über Hannover, Bückeburg, Minden, Paderborn, dem Teutoburger Wald, Hagen, Köln und Aachen zurück nach Paris - im Epos werden die Stationen in umgekehrter Reihenfolge durchlaufen.

Die Arbeit Heines am *Wintermärchen* fällt in das Jahr 1844. Seinem Verleger Campe in Hamburg schrieb er dazu: *Meine Gedichte, die neuen, sind ein ganz neues Genre, versifizierte Reisebilder, und werden eine höhere Politik atmen als die bekannten politischen Stänkerreime. Aber sorgen Sie frühe für Mittel, etwas vielleicht unter 21 Bogen ohne Zensur zu drucken.*

Die »höhere Politik« hatte sich freilich erst einmal der gemeinen, niederen zu unterwerfen. Nach dem Zensurbeschluß der Karlsbader Konferenz von 1819 waren Manuskripte von mehr als zwanzig Bogen vorzensurfrei - daher der Wunsch Heines nach einem umfangreicheren Werk. Er dachte daran, den *Atta Troll* mit in die Publikation aufzunehmen, entschied sich dann allerdings dafür, das *Wintermärchen* zusammen mit den *Neuen Gedichten* zu veröffentlichen.

Ende September erschienen die *Neuen Gedichte* bei Hoffmann und Campe, bereits am 4. Oktober wurden sie in Preußen beschlagnahmt, die übrigen Bundesländer wurden angewiesen, das Werk zu verbieten. Am 12. Dezember 1844 erging dann von König Friedrich Wilhelm IV. sogar die Weisung, Heine beim Grenzübertritt zu verhaften.

Ähnlich wie beim *Atta Troll* beschreibt Heine auch die Zielsetzung des *Wintermärchens*: *Es ist politisch-romantisch und wird der prosaisch-bombastischen Tendenzpoesie hoffentlich den Todesstoß geben.*

Der Ausgang der Reise durch dieses Deutschland aber ist weit ambivalenter, auch resignativer als das Ende des *Atta Troll*.

Beschreibt das Epos zunächst parodistisch die vorgefundenen sozialen und ideologischen Verhältnisse, die bedrückende politische und geistige Enge, so wird, je länger die Reise und das Epos andauern, der Tenor umso hoffnungsloser. Das neue, bessere Lied (Caput I), das Heine dichten möchte, ist so leicht nicht zu bewerkstelligen. Auf die Fragen der Mutter, zu welcher Partei, zu welcher Politik er denn mit Überzeugung stehe, folgt nur ausweichendes Schweigen (Caput XX).

Das lyrische Ich, und in dessen Folge Heine, reagieren seltsam zögerlich; sie beziehen keine eindeutige Stellung.

Welchen Schwierigkeiten sich Heine in seiner kritischen Beschäftigung mit Deutschland ausgesetzt sah, wird - zumindest ansatzweise, prototypisch - in der Hammonia-Sequenz deutlich. Zweifellos liegt der Grund für Heines Ausweichen nicht in den scheinbar unentrinnbaren objektiven Verhältnissen, der *Hölle*, durch die zu gehen er unter Führung Hammonias, Hamburgs Schutzgöttin, gewillt ist (Caput XXIII), und in die er geradewegs blickt, als er die Zukunft Deutschlands schauen darf. Doch auch hier reicht es zu nicht mehr als einer parodistischen Überhöhung - *dieser deutsche Zukunftsduft/Mocht alles überragen,/ Was meine Nase je geahnt -/Ich konnt es nicht länger ertragen* - (Caput XXVI).

Denn noch anderes wird deutlich: Hammonia - genealogisch führt sie sich auf Karl den Großen zurück, in früheren Jahren hatte sie Klopstock als Dichter verehrt - läßt ihn nicht nur einen Blick in die Zukunft werfen, sie steht auch für die deutsche Vergangenheit; was dem lyrischen Ich hier entgegenstinkt, ist nicht nur Deutschlands Zukunft, sondern auch seine politische und kulturelle Tradition; eine Tradition, der sich Heine durchaus zugehörig fühlte.

Gegen die Verhältnisse in Deutschland anschreiben bedeutete somit, gegen sich selbst anschreiben; der äußere Konflikt wird für Heine zu einem inneren. Daß die gesamte Hammonia-Sequenz ein Traumgebilde ist, eine Auseinandersetzung, die sich im Inneren des lyrischen Ich abspielt, hebt dies nur umso stärker hervor.

Und nicht einmal hier, im Traum, diesem Luftreich der Deutschen (Caput VII), gibt es ein Entrinnen aus Deutschlands trübseliger Gegenwart.

Das Problem Deutschland war für Heine nicht zu lösen.

Atta Troll

Ein Sommernachtstraum

Aus dem schimmernden weißen Zelte hervor
Tritt der schlachtgerüstete Mohr:
So tritt aus schimmernder Wolken Tor
Der Mond, der verfinsterte, dunkle, hervor.

»Der Mohrenfürst«
von Ferdinand Freiligrath

Vorrede

Der »Atta Troll« entstand im Spätherbste 1841 und ward fragmentarisch abgedruckt in der »Eleganten Welt«, als mein Freund Heinrich Laube wieder die Redaktion derselben übernommen hatte. Inhalt und Zuschnitt des Gedichtes mußten den zahmen Bedürfnissen jener Zeitschrift entsprechen; ich schrieb vorläufig nur die Kapitel, die gedruckt werden konnten, und auch diese erlitten manche Variante. Ich hegte die Absicht, in späterer Vervollständigung das Ganze herauszugeben, aber es blieb immer bei dem lobenswerten Vorsatze, und wie allen großen Werken der Deutschen, wie dem Kölner Dome, dem Schellingschen Gotte, der preußischen Konstitution usw., ging es auch dem »Atta Troll« - er ward nicht fertig. In solcher unfertigen Gestalt, leidlich aufgestutzt und nur äußerlich geründet, übergebe ich ihn heute dem Publiko, einem Drange gehorchend, der wahrlich nicht von innen kommt.

Der »Atta Troll« entstand, wie gesagt, im Spätherbste 1841, zu einer Zeit, als die große Emeute, wo die verschiedenfarbigsten Feinde sich gegen mich zusammengerottet, noch nicht ganz ausgelärmt hatte. Es war eine sehr große Emeute, und ich hätte nie geglaubt, daß Deutschland so viele faule Äpfel hervorbringt, wie mir damals an den Kopf flogen! Unser Vaterland ist ein gesegnetes Land; es wachsen hier freilich keine Zitronen und keine Goldorangen, auch krüppelt sich der Lorbeer nur mühsam fort auf deutschem Boden, aber faule Äpfel gedeihen bei uns in erfreulichster Fülle, und alle unsere großen Dichter wußten davon ein Lied zu singen. Bei jener Emeute, wo ich Krone und Kopf verlieren sollte, verlor ich keins von beiden, und die absurden Anschuldigungen, womit man den Pöbel gegen mich aufhetzte, sind seitdem, ohne daß ich mich zu einer Widerrede herabzulassen brauchte, aufs kläglichste verschollen. Die Zeit übernahm meine Rechtfertigung, und auch die respektiven deutschen Regierungen, ich muß es dankbar anerkennen, haben sich in dieser Beziehung verdient um mich gemacht. Die Verhaftsbefehle, die von der deutschen Grenze an, auf jeder Station, die Heimkehr des Dichters mit Sehnsucht erwarten, werden gehörig renoviert, jedes Jahr, um die heilige Weihnachtszeit, wenn an den Christbäumen die gemütlichen Lämpchen funkeln. Wegen solcher Unsicherheit der Wege wird mir das Reisen in den deutschen Gauen schier verleidet, ich feiere deshalb meine Weihnachten in der Fremde, und werde auch in der Fremde, im Exil, meine Tage beschließen. Die wackern Kämpen für Licht und Wahrheit, die mich der Wankelmütigkeit und des Knechtsinns beschuldigten, gehen unterdessen im Vaterlande sehr sicher umher, als wohlbestallte Staatsdiener, oder als Würdeträger einer Gilde, oder als Stammgäste eines Klubs, wo sie sich des Abends patriotisch erquicken am Rebensafte des Vater Rhein und an meerumschlungenen schleswig-holsteinischen Austern.

Ich habe oben mit besonderer Absicht angedeutet, in welcher Periode der »Atta Troll« entstanden ist. Damals blühte die sogenannte politische Dichtkunst. »Die Opposition verkaufte ihr Leder und ward Poesie.« Die Musen bekamen die strenge Weisung, sich hinfüro nicht mehr müßig und leichtfertig umherzutreiben, sondern in vaterländischen Dienst zu treten, etwa als Marketenderinnen der Freiheit oder als Wäscherinnen der christlich-germanischen Nationalität. Es erhub sich im deutschen Bardenhain ganz besonders jener vage, unfruchtbare Pathos, jener nutzlose Enthusiasmusdunst, der sich mit Todesverachtung in einen Ozean von Allgemeinheiten stürzte und mich immer an den amerikanischen Matrosen erinnerte, welcher für den General Jackson so überschwenglich begeistert war, daß er einst von der Spitze eines Mastbaums ins Meer hinabsprang, indem er ausrief: »Ich sterbe für den General Jackson!« Ja, obgleich wir Deutschen noch keine Flotte besaßen, so hatten wir doch schon viele begeisterte Matrosen, die für den General Jackson starben, in Versen und in Prosa. Das Talent war damals eine sehr mißliche Begabung, denn es brachte in den Verdacht der Charakterlosigkeit. Die scheelsüchtige Impotenz hatte endlich, nach tausendjährigem Nachgrübeln, ihre große Waffe gefunden gegen die Übermüten des Genius; sie fand nämlich die Antithese von Talent und Charakter. Es war fast persönlich schmeichelhaft für die große Menge, wenn sie behaupten hörte: die braven Leute seien freilich in der Regel sehr schlechte Musikanten, dafür jedoch seien die guten Musikanten gewöhnlich nichts weniger als brave Leute, die Bravheit aber sei in der Welt die Hauptsache, nicht die Musik. Der leere Kopf pochte jetzt mit Fug auf sein volles Herz, und die Gesinnung war Trumpf. Ich erinnere mich eines damaligen Schriftstellers, der es sich als ein besonderes Verdienst anrechnete, daß er nicht schreiben könne; für seinen hölzernen Stil bekam er einen silbernen Ehrenbecher.

Bei den ewigen Göttern! damals galt es die unveräußerlichen Rechte des Geistes zu vertreten, zumal in der Poesie. Wie eine solche Vertretung das große Geschäft meines Lebens war, so habe ich sie am allerwenigsten im vorliegenden Gedicht außer Augen gelassen, und sowohl Tonart als Stoff desselben war ein Protest gegen die Plebiscita der Tagestribünen. Und in der Tat, schon die ersten Fragmente, die vom »Atta Troll« gedruckt wurden, erregten die Galle meiner Charakterhelden, meiner Römer, die mich nicht bloß der literarischen, sondern auch der gesellschaftlichen Reaktion, ja sogar der Verhöhnung heiligster Menschheitsideen beschuldigten. Was den ästhetischen Wert meines Poems betrifft, so gab ich ihn gern preis, wie ich es auch heute noch tue; ich schrieb dasselbe zu meiner eignen Lust und Freude, in der grillenhaften Traumweise jener romantischen Schule, wo ich meine angenehmsten Jugendjahre verlebt, und zuletzt den Schulmeister geprügelt habe. In dieser Beziehung ist mein Gedicht vielleicht verwerflich. Aber du lügst, Brutus, du lügst, Cassius, und auch du lügst, Asinius, wenn Ihr behauptet, mein Spott träfe jene Ideen, die eine kostbare Errungenschaft der Menschheit sind und für die ich selber so viel gestritten und gelitten habe. Nein, eben weil dem Dichter jene Ideen in herrlichster Klarheit und Größe beständig vorschweben, ergreift ihn desto unwiderstehlicher die Lachlust, wenn er sieht, wie roh, plump und täppisch von der beschränkten Zeitgenossenschaft jene Ideen aufgefaßt werden können. Er scherzt dann gleichsam über ihre temporelle Bärenhaut. Es gibt Spiegel, welche so verschoben geschliffen sind, daß selbst ein Apollo sich darin als eine Karikatur abspiegeln muß und uns zum Lachen reizt. Wir lachen aber alsdann nur über das Zerrbild, nicht über den Gott.

Noch ein Wort. Bedarf es einer besondern Verwahrung, daß die Parodie eines Freiligrathschen Gedichtes, welche aus dem »Atta Troll« manchmal mutwillig hervorkichert, und gleichsam seine komische Unterlage bildet, keineswegs eine Mißwürdigung des Dichters bezweckt? Ich schätze denselben hoch, zumal jetzt, und ich zähle ihn zu den bedeutendsten Dichtern, die seit der

Juliusrevolution in Deutschland aufgetreten sind. Seine erste Gedichtesammlung kam mir sehr spät zu Gesicht, nämlich eben zur Zeit, als der »Atta Troll« entstand. Es mochte wohl an meiner damaligen Stimmung liegen, daß namentlich der Mohrenfürst so belustigend auf mich wirkte. Diese Produktion wird übrigens als die gelungenste gerühmt. Für Leser, welche diese Produktion gar nicht kennen - und es mag deren wohl in China und Japan geben, sogar am Niger und am Senegal - für diese bemerke ich, daß der Mohrenkönig, der zu Anfang des Gedichtes aus seinem weißen Zelte, wie eine Mondfinsternis, hervortritt, auch eine schwarze Geliebte besitzt, über deren dunkles Antlitz die weißen Straußfedern nikken. Aber kriegsmutig verläßt er sie, er zieht in die Negerschlacht, wo da rasselt die Trommel, mit Schädeln behangen - ach! er findet dort sein schwarzes Waterloo und wird von den Siegern an die Weißen verkauft. Diese schleppen den edlen Afrikaner nach Europa, und hier finden wir ihn wieder im Dienste einer herumziehenden Reutergesellschaft, die ihm, bei ihren Kunstvorstellungen, die türkische Trommel anvertraut hat. Da steht er nun, finster und ernsthaft, am Eingange der Reitbahn und trommelt, doch während des Trommelns denkt er an seine ehemalige Größe, er denkt daran, daß er einst ein absoluter Monarch war, am fernen, fernen Niger, und daß er gejagt den Löwen, den Tiger -

»Sein Auge ward naß; mit dumpfem Klang
Schlug er das Fell, daß es rasselnd zersprang.«

Geschrieben zu Paris im Dezember 1846.

Heinrich Heine

Caput I

Rings umragt von dunklen Bergen,
Die sich trotzig übergipfeln,
Und von wilden Wasserstürzen
Eingelullet, wie ein Traumbild,

Liegt im Tal das elegante
Cauterets. Die weißen Häuschen
Mit Balkonen; schöne Damen
Stehn darauf und lachen herzlich.

Herzlich lachend schaun sie nieder
Auf den wimmelnd bunten Marktplatz,
Wo da tanzen Bär und Bärin
Bei des Dudelsackes Klängen.

Atta Troll und seine Gattin,
Die geheißen schwarze Mumma,
Sind die Tänzer, und es jubeln
Vor Bewundrung die Baskesen.

Steif und ernsthaft, mit Grandezza,
Tanzt der edle Atta Troll,
Doch der zottgen Ehehälfte
Fehlt die Würde, fehlt der Anstand.

Ja, es will mich schier bedünken,
Daß sie manchmal cancaniere,
Und gemütlos frechen Steißwurfs
An die Grand'-Chaumière erinnre.

Auch der wackre Bärenführer,
Der sie an der Kette leitet,
Scheint die Immoralität
Ihres Tanzes zu bemerken.

Und er langt ihr manchmal über
Einge Hiebe mit der Peitsche,
Und die schwarze Mumma heult dann,
Daß die Berge widerhallen.

Dieser Bärenführer trägt
Sechs Madonnen auf dem Spitzhut,
Die sein Haupt vor Feindeskugeln
Oder Läusen schützen sollen.

Über seine Schulter hängt
Eine bunte Altardecke,
Die als Mantel sich gebärdet;
Drunter lauscht Pistol und Messer.

War ein Mönch in seiner Jugend,
Später ward er Räuberhauptmann;
Beides zu vereingen, nahm er
Endlich Dienste bei Don Carlos.

Als Don Carlos fliehen mußte
Mit der ganzen Tafelrunde,
Und die meisten Paladine
Nach honettem Handwerk griffen –

(Herr Schnapphahnski wurde Autor) –
Da ward unser Glaubensritter
Bärenführer, zog durchs Land
Mit dem Atta Troll und Mumma.

Und er läßt die beiden tanzen
Vor dem Volke, auf den Märkten; –
Auf dem Markt von Cauterets
Tanzt gefesselt Atta Troll!

Atta Troll, der einst gehauset,
Wie ein stolzer Fürst der Wildnis,
Auf den freien Bergeshöhen,
Tanzt im Tal vor Menschenpöbel!

Und sogar für schnödes Geld
Muß er tanzen, er, der weiland,
In des Schreckens Majestät,
Sich so welterhaben fühlte!

Denkt er seiner Jugendtage,
Der verlornen Waldesherrschaft,
Dann erbrummen dunkle Laute
Aus der Seele Atta Trolls;

Finster schaut er wie ein schwarzer
Freiligräthscher Mohrenfürst,
Und wie dieser schlecht getrommelt,
Also tanzt er schlecht vor Ingrimm.

Doch statt Mitgefühl erregt er
Nur Gelächter. Selbst Juliette
Lacht herunter vom Balkone
Ob den Sprüngen der Verzweiflung. – –

Juliette hat im Busen
Kein Gemüt, sie ist Französin,
Lebt nach außen; doch ihr Äußres
Ist entzückend, ist bezaubernd.

Ihre Blicke sind ein süßes
Strahlennetz, in dessen Maschen
Unser Herz, gleich einem Fischlein,
Sich verfängt und zärtlich zappelt.

Caput II

Daß ein schwarzer Freiligräthscher
Mohrenfürst sehnsüchtig lospaukt
Auf das Fell der großen Trommel,
Bis es prasselnd laut entzweispringt:

Das ist wahrhaft trommelrührend
Und auch trommelfellerschütternd -
Aber denkt Euch einen Bären,
Der sich von der Kette losreißt!

Die Musik und das Gelächter
Sie verstummen, und mit Angstschrei
Stürzt vom Markte fort das Volk,
Und die Damen sie erbleichen.

Ja, von seiner Sklavenfessel
Hat sich plötzlich losgerissen
Atta Troll. Mit wilden Sprüngen
Durch die engen Straßen rennend -

(Jeder macht ihm höflich Platz) -
Klettert er hinauf die Felsen,
Schaut hinunter, wie verhöhnend,
Und verschwindet im Gebirge.

Auf dem leeren Marktplatz bleiben
Ganz allein die schwarze Mumma
Und der Bärenführer. Rasend
Schmeißt er seinen Hut zur Erde,

Trampelt drauf, er tritt mit Füßen
Die Madonnen! reißt die Decke
Sich vom scheußlich nackten Leib,
Flucht und jammert über Undank,

Über schwarzen Bärenundank!
Denn er habe Atta Troll
Stets wie einen Freund behandelt
Und im Tanzen unterrichtet.

Alles hab er ihm zu danken,
Selbst das Leben! Bot man doch
Ihm vergebens hundert Taler
Für die Haut des Atta Troll!

Auf die arme schwarze Mumma,
Die, ein Bild des stummen Grames,
Flehend, auf den Hintertatzen,
Vor dem Hocherzürnten stehn blieb,

Fällt des Hocherzürnten Wut
Endlich doppelt schwer, er schlägt sie,
Nennt sie Königin Christine,
Auch Frau Munoz und Putana. – –

Das geschah an einem schönen,
Warmen Sommernachmittage,
Und die Nacht, die jenem Tage
Lieblich folgte, war süperbe.

Ich verbrachte fast die Hälfte
Jener Nacht auf dem Balkone.
Neben mir stand Juliette
Und betrachtete die Sterne.

Seufzend sprach sie: Ach, die Sterne
Sind am schönsten in Paris,
Wenn sie dort, des Winterabends,
In dem Straßenkot sich spiegeln.

Caput III

Traum der Sommernacht! Phantastisch
Zwecklos ist mein Lied. Ja, zwecklos
Wie die Liebe, wie das Leben,
Wie der Schöpfer samt der Schöpfung!

Nur der eignen Lust gehorchend,
Galoppierend oder fliegend,
Tummelt sich im Fabelreiche
Mein geliebter Pegasus.

Ist kein nützlich tugendhafter
Karrengaul des Bürgertums,
Noch ein Schlachtpferd der Parteiwut,
Das pathetisch stampft und wiehert!

Goldbeschlagen sind die Hufen
Meines weißen Flügelrößleins,
Perlenschnüre sind die Zügel,
Und ich laß sie lustig schießen.

Trage mich, wohin du willst!
Über luftig steilen Bergpfad,
Wo Kaskaden angstvoll kreischend
Vor des Unsinns Abgrund warnen!

Trage mich durch stille Täler,
Wo die Eichen ernsthaft ragen
Und den Wurzelknorrn entrieselt
Uralt süßer Sagenquell!

Laß mich trinken dort und nässen
Meine Augen - ach, ich lechze
Nach dem lichten Wunderwasser,
Welches sehend macht und wissend.

Jede Blindheit weicht! Mein Blick
Dringt bis in die tiefste Steinkluft,
In die Höhle Atta Trolls -
Ich verstehe seine Reden!

Sonderbar! wie wohlbekannt
Dünkt mir diese Bärensprache!
Hab ich nicht in teurer Heimat
Früh vernommen diese Laute?

Caput IV

Ronceval, du edles Tal!
Wenn ich deinen Namen höre,
Bebt und duftet mir im Herzen
Die verschollne blaue Blume!

Glänzend steigt empor die Traumwelt,
Die jahrtausendlich versunken,
Und die großen Geisteraugen
Schaun mich an, daß ich erschrecke!

Und es klirrt und tost! Es kämpfen
Sarazen und Frankenritter;
Wie verzweifelnd, wie verblutend
Klingen Rolands Waldhornrüfe!

In dem Tal von Ronceval,
Unfern von der Rolandsscharte -
So geheißen, weil der Held,
Um sich einen Weg zu bahnen,

Mit dem guten Schwert Duranda
Also todesgrimmig einhieb
In die Felswand, daß die Spuren
Bis auf heutgem Tage sichtbar –

Dort in einer düstren Steinschlucht,
Die umwachsen von dem Buschwerk
Wilder Tannen, tief verborgen,
Liegt die Höhle Atta Trolls.

Dort, im Schoße der Familie,
Ruht er aus von den Strapazen
Seiner Flucht und von der Mühsal
Seiner Völkerschau und Weltfahrt.

Süßes Wiedersehn! Die Jungen
Fand er in der teuren Höhle,
Wo er sie gezeugt mit Mumma;
Söhne vier und Töchter zwei.

Wohlgeleckte Bärenjungfraun,
Blond von Haar, wie Predgerstöchter;
Braun die Buben, nur der Jüngste
Mit dem einzgen Ohr ist schwarz.

Dieser Jüngste war das Herzblatt
Seiner Mutter, die ihm spielend
Abgebissen einst ein Ohr;
Und sie fraß es auf vor Liebe.

Ist ein genialer Jüngling,
Für Gymnastik sehr begabt,
Und er schlägt die Purzelbäume
Wie der Turnkunstmeister Maßmann.

Blüte autochthoner Bildung,
Liebt er nur die Muttersprache,
Lernte nimmer den Jargon
Des Hellenen und des Römlings.

Frisch und frei und fromm und fröhlich,
Ist verhaßt ihm alle Seife,
Luxus des modernen Waschens,
Wie dem Turnkunstmeister Maßmann.

Am genialsten ist der Jüngling,
Wenn er klettert auf dem Baume,
Der, entlang der steilsten Felswand,
Aus der tiefen Schlucht emporsteigt

Und hinaufragt bis zur Koppe,
Wo des Nachts die ganze Sippschaft
Sich versammelt um den Vater,
Kosend in der Abendkühle.

Gern erzählt alsdann der Alte,
Was er in der Welt erlebte,
Wie er Menschen viel und Städte
Einst gesehn, auch viel erduldet,

Gleich dem edlen Laertiaden,
Diesem nur darin unähnlich,
Daß die Gattin mit ihm reiste,
Seine schwarze Penelope.

Auch erzählt dann Atta Troll
Von dem kolossalen Beifall,
Den er einst durch seine Tanzkunst
Eingeerntet bei den Menschen.

Er versichert, Jung und Alt
Habe jubelnd ihn bewundert,
Wenn er tanzte auf den Märkten
Bei der Sackpfeif süßen Tönen.

Und die Damen ganz besonders,
Diese zarten Kennerinnen,
Hätten rasend applaudiert
Und ihm huldreich zugeäugelt.

O, der Künstlereitelkeiten!
Schmunzelnd denkt der alte Tanzbär
An die Zeit, wo sein Talent
Vor dem Publiko sich zeigte.

Übermannt von Selbstbegeistrung,
Will er durch die Tat bekunden,
Daß er nicht ein armer Prahlhans,
Daß er wirklich groß als Tänzer –

Und vom Boden springt er plötzlich,
Stellt sich auf die Hintertatzen,
Und wie ehmals tanzt er wieder
Seinen Leibtanz, die Gavotte.

Stumm, mit aufgesperrten Schnauzen,
Schauen zu die Bärenjungen,
Wie der Vater hin und her springt
Wunderbar im Mondenscheine.

Caput V

In der Höhle, bei den Seinen,
Liegt gemütskrank auf dem Rücken
Atta Troll, nachdenklich saugt er
An den Tatzen, saugt und brummt:

»Mumma, Mumma, schwarze Perle,
Die ich in dem Meer des Lebens
Aufgefischt, im Meer des Lebens
Hab ich wieder dich verloren!

Werd ich nie dich wiedersehen,
Oder nur jenseits des Grabes,
Wo von Erdenzotteln frei
Sich verkläret deine Seele?

Ach! vorher möcht ich noch einmal
Lecken an der holden Schnauze
Meiner Mumma, die so süße,
Wie mit Honigseim bestrichen!

Möchte auch noch einmal schnüffeln
Den Geruch, der eigentümlich
Meiner teuren schwarzen Mumma,
Und wie Rosenduft so lieblich!

Aber ach! die Mumma schmachtet
In den Fesseln jener Brut,
Die den Namen Menschen führet,
Und sich Herrn der Schöpfung dünkelt.

Tod und Hölle! Diese Menschen,
Diese Erzaristokraten,
Schaun auf das gesamte Tierreich
Frech und adelstolz herunter,

Rauben Weiber uns und Kinder,
Fesseln uns, mißhandeln, töten
Uns sogar, um zu verschachern
Unsre Haut und unsern Leichnam!

Und sie glauben sich berechtigt
Solche Untat auszuüben
Ganz besonders gegen Bären,
Und sie nennens Menschenrechte.

Menschenrechte! Menschenrechte!
Wer hat Euch damit belehnt?
Nimmer tat es die Natur,
Diese ist nicht unnatürlich.

Menschenrechte! Wer gab Euch
Diese Privilegien?
Wahrlich nimmer die Vernunft,
Die ist nicht so unvernünftig!

Menschen, seid Ihr etwa besser
Als wir Andre, weil gesotten
Und gebraten Eure Speisen?
Wir verzehren roh die unsern,

Doch das Resultat am Ende
Ist dasselbe - Nein, es adelt
Nicht die Atzung; der ist edel,
Welcher edel fühlt und handelt.

Menschen, seid Ihr etwa besser,
Weil Ihr Wissenschaft und Künste
Mit Erfolg betreibt? Wir Andre
Sind nicht auf den Kopf gefallen.

Gibt es nicht gelehrte Hunde?
Und auch Pferde, welche rechnen
Wie Kommerzienräte? Trommeln
Nicht die Hasen ganz vorzüglich?

Hat sich nicht in Hydrostatik
Mancher Biber ausgezeichnet?
Und verdankt man nicht den Störchen
Die Erfindung der Klystiere?

Schreiben Esel nicht Kritiken?
Spielen Affen nicht Komödie?
Gibt es eine größre Mimin
Als Batavia, die Meerkatz?

Singen nicht die Nachtigallen?
Ist der Freiligrath kein Dichter?
Wer besäng den Löwen besser
Als sein Landsmann, das Kamel?

In der Tanzkunst hab ich selber
Es so weit gebracht wie Raumer
In der Schreibkunst - schreibt er besser
Als ich tanze, ich der Bär?

Menschen, warum seid Ihr besser
Als wir Andre? Aufrecht tragt Ihr
Zwar das Haupt, jedoch im Haupte
Kriechen niedrig die Gedanken.

Menschen, seid Ihr etwa besser
Als wir Andre, weil Eur Fell
Glatt und gleißend? Diesen Vorzug
Müßt Ihr mit den Schlangen teilen.

Menschenvolk, zweibeinge Schlangen,
Ich begreife wohl, warum Ihr
Hosen tragt! Mit fremder Wolle
Deckt Ihr Eure Schlangennacktheit.

Kinder! hütet Euch vor jenen
Unbehaarten Mißgeschöpfen!
Meine Töchter! Traut nur keinem
Untier, welches Hosen trägt!«

Weiter will ich nicht berichten,
Wie der Bär in seinem frechen
Gleichheitsschwindel räsonnierte
Auf das menschliche Geschlecht.

Denn am Ende bin ich selber
Auch ein Mensch, und wiederholen
Will ich nimmer die Sottisen,
Die am Ende sehr beleidgend.

Ja, ich bin ein Mensch, bin besser
Als die andern Säugetiere;
Die Intressen der Geburt
Werd ich nimmermehr verleugnen.

Und im Kampf mit andern Bestien
Werd ich immer treulich kämpfen
Für die Menschheit, für die heilgen
Angebornen Menschenrechte.

Caput VI

Doch es ist vielleicht ersprießlich
Für den Menschen, der den höhern
Viehstand bildet, daß er wisse,
Was da unten räsonniert wird.

Ja, da unten in den düstern
Jammersphären der Gesellschaft,
In den niedern Tierweltschichten,
Brütet Elend, Stolz und Groll.

Was naturgeschichtlich immer,
Also auch gewohnheitsrechtlich
Seit Jahrtausenden bestanden,
Wird negiert mit frecher Schnauze.

Von den Alten wird den Jungen
Eingebrummt die böse Irrlehr,
Die auf Erden die Kultur
Und Humanität bedroht.

»Kinder« - grommelt Atta Troll,
Und er wälzt sich hin und her
Auf dem teppichlosen Lager -
»Kinder, uns gehört die Zukunft!

Dächte jeder Bär, und dächten
Alle Tiere so wie ich,
Mit vereinten Kräften würden
Wir bekämpfen die Tyrannen.

Es verbände sich der Eber
Mit dem Roß, der Elefant
Schlänge brüderlich den Rüssel
Um das Horn des wackern Ochsen;

Bär und Wolf, von jeder Farbe,
Bock und Affe, selbst der Hase,
Wirkten einge Zeit gemeinsam,
Und der Sieg könnt uns nicht fehlen.

Einheit, Einheit ist das erste
Zeitbedürfnis. Einzeln wurden
Wir geknechtet, doch verbunden
Übertölpeln wir die Zwingherrn.

Einheit! Einheit! und wir siegen
Und es stürzt das Regiment
Schnöden Monopols! Wir stiften
Ein gerechtes Animalreich.

Grundgesetz sei volle Gleichheit
Aller Gotteskreaturen,
Ohne Unterschied des Glaubens
Und des Fells und des Geruches.

Strenge Gleichheit! Jeder Esel
Sei befugt zum höchsten Staatsamt,
Und der Löwe soll dagegen
Mit dem Sack zur Mühle traben.

Was den Hund betrifft, so ist er
Freilich ein serviler Köter,
Weil Jahrtausende hindurch
Ihn der Mensch wie 'n Hund behandelt;

Doch in unserm Freistaat geben
Wir ihm wieder seine alten
Unveräußerlichen Rechte,
Und er wird sich bald veredeln.

Ja, sogar die Juden sollen
Volles Bürgerrecht genießen
Und gesetzlich gleichgestellt sein
Allen andern Säugetieren.

Nur das Tanzen auf den Märkten
Sei den Juden nicht gestattet;
Dies Amendement, ich mach es
Im Intresse meiner Kunst.

Denn der Sinn für Stil, für strenge
Plastik der Bewegung, fehlt
Jener Rasse, sie verdürben
Den Geschmack des Publikums.«

Caput VII

Düster, in der düstern Höhle,
Hockt im trauten Kreis der Seinen
Atta Troll, der Menschenfeind,
Und er brummt und fletscht die Zähne:

»Menschen, schnippische Kanaillen!
Lächelt nur! Von Eurem Lächeln
Wie von Eurem Joch wird endlich
Uns der große Tag erlösen!

Mich verletzte stets am meisten
Jenes sauersüße Zucken
Um das Maul - ganz unerträglich
Wirkt auf mich dies Menschenlächeln!

Wenn ich in dem weißen Antlitz
Das fatale Zucken schaute,
Drehten sich herum entrüstet
Mir im Bauche die Gedärme.

Weit impertinenter noch
Als durch Worte offenbart sich
Durch das Lächeln eines Menschen
Seiner Seele tiefste Frechheit.

Immer lächeln sie! Sogar
Wo der Anstand einen tiefen
Ernst erfordert, in der Liebe
Feierlichstem Augenblick!

Immer lächeln sie! Sie lächeln
Selbst im Tanzen. Sie entweihen
Solchermaßen diese Kunst,
Die ein Kultus bleiben sollte.

Ja, der Tanz, in alten Zeiten,
War ein frommer Akt des Glaubens;
Um den Altar drehte heilig
Sich der priesterliche Reigen.

Also vor der Bundeslade
Tanzte weiland König David;
Tanzen war ein Gottesdienst,
War ein Beten mit den Beinen!

Also hab auch ich den Tanz
Einst begriffen, wenn ich tanzte
Auf den Märkten vor dem Volk,
Das mir großen Beifall zollte.

Dieser Beifall, ich gesteh es,
Tat mir manchmal wohl im Herzen;
Denn Bewundrung selbst dem Feinde
Abzutrotzen, das ist süß!

Aber selbst im Enthusiasmus
Lächeln sie. Ohnmächtig ist
Selbst die Tanzkunst sie zu bessern,
Und sie bleiben stets frivol.«

Caput VIII

Mancher tugendhafte Bürger
Duftet schlecht auf Erden, während
Fürstenknechte mit Lavendel
Oder Ambra parfümiert sind.

Jungfräuliche Seelen gibt es,
Die nach grüner Seife riechen,
Und das Laster hat zuweilen
Sich mit Rosenöl gewaschen.

Darum rümpfe nicht die Nase,
Teurer Leser, wenn die Höhle
Atta Trolls dich nicht erinnert
An Arabiens Spezerein.

Weile mit mir in dem Dunstkreis,
In dem trüben Mißgeruche,
Wo der Held zu seinem Sohne
Wie aus einer Wolke spricht:

»Kind, mein Kind, du meiner Lenden
Jüngster Sprößling, leg dein Einohr
An die Schnauze des Erzeugers
Und saug ein mein ernstes Wort!

Hüte dich vor Menschendenkart,
Sie verdirbt dir Leib und Seele;
Unter allen Menschen gibt es
Keinen ordentlichen Menschen.

Selbst die Deutschen, einst die Bessern,
Selbst die Söhne Tuiskions,
Unsre Vettern aus der Urzeit,
Diese gleichfalls sind entartet.

Sind jetzt glaubenlos und gottlos,
Predgen gar den Atheismus –
Kind, mein Kind, nimm dich in Acht
Vor dem Feuerbach und Bauer!

Werde nur kein Atheist,
So ein Unbär ohne Ehrfurcht
Vor dem Schöpfer – ja, ein Schöpfer
Hat erschaffen dieses Weltall!

In der Höhe, Sonn und Mond,
Auch die Sterne (die geschwänzten
Gleichfalls wie die ungeschwänzten)
Sind der Abglanz seiner Allmacht.

In der Tiefe, Land und Meer,
Sind das Echo seines Ruhmes,
Und jedwede Kreatur
Preiset seine Herrlichkeiten.

Selbst das kleinste Silberläuschen,
Das im Bart des greisen Pilgers
Teilnimmt an der Erdenwallfahrt,
Singt des Ewgen Lobgesang!

Droben in dem Sternenzelte,
Auf dem goldnen Herrscherstuhle,
Weltregierend, majestätisch,
Sitzt ein kolossaler Eisbär.

Fleckenlos und schneeweiß glänzend
Ist sein Pelz; es schmückt sein Haupt
Eine Kron von Diamanten,
Die durch alle Himmel leuchtet.

In dem Antlitz Harmonie
Und des Denkens stumme Taten;
Mit dem Zepter winkt er nur,
Und die Sphären klingen, singen.

Ihm zu Füßen sitzen fromm
Bärenheilge, die auf Erden
Still geduldet, in den Tatzen
Ihres Martyrtumes Palmen.

Manchmal springt der Eine auf,
Auch der Andre, wie vom heilgen
Geist geweckt, und sieh! da tanzen
Sie den feierlichsten Hochtanz –

Hochtanz, wo der Strahl der Gnade
Das Talent entbehrlich machte,
Und vor Seligkeit die Seele
Aus der Haut zu springen sucht!

Werde ich unwürdger Troll
Einstens solchen Heils teilhaftig?
Und aus irdisch niedrer Trübsal
Übergehn ins Reich der Wonne?

Werd ich selber, himmelstrunken,
Droben in dem Sternenzelte,
Mit der Glorie, mit der Palme
Tanzen vor dem Thron des Herrn?«

Caput IX

Wie die scharlachrote Zunge,
Die ein schwarzer Freiligräthscher
Mohrenfürst verhöhnend grimmig
Aus dem düstern Maul hervorstreckt:

Also tritt der Mond aus dunkelm
Wolkenhimmel. Fernher brausen
Wasserstürze, ewig schlaflos
Und verdrießlich in der Nacht.

Atta Troll steht auf der Koppe
Seines Lieblingsfelsens einsam,
Einsam, und er heult hinunter
In den Nachtwind, in den Abgrund:

»Ja, ich bin ein Bär, ich bin es,
Bin es, den Ihr Zottelbär,
Brummbär, Isegrimm und Petz
Und Gott weiß wie sonst noch nennet.

Ja, ich bin ein Bär, ich bin es,
Bin die ungeschlachte Bestie,
Bin das plumpe Trampeltier
Eures Hohnes, Eures Lächelns!

Bin die Zielscheib Eures Witzes,
Bin das Ungetüm, womit
Ihr die Kinder schreckt des Abends,
Die unartgen Menschenkinder.

Bin das rohe Spottgebilde
Eurer Ammenmärchen, bin es,
Und ich ruf es laut hinunter
In die schnöde Menschenwelt.

Hört es, hört, ich bin ein Bär,
Nimmer schäm ich mich des Ursprungs,
Und bin stolz darauf, als stammt ich
Ab von Moses Mendelssohn!«

Caput X

Zwo Gestalten, wild und mürrisch,
Und auf allen Vieren rutschend,
Brechen Bahn sich durch den dunklen
Tannenrand, um Mitternacht.

Das ist Atta Troll, der Vater,
Und sein Söhnchen, Junker Einohr.
Wo der Wald sich dämmernd lichtet,
Bei dem Blutstein, stehn sie stille.

»Dieser Stein« - brummt Atta Troll -
»Ist der Altar, wo Druiden
In der Zeit des Aberglaubens
Menschenopfer abgeschlachtet.

O der schauderhaften Greuel!
Denk ich dran, sträubt sich das Haar
Auf dem Rücken mir - Zur Ehre
Gottes wurde Blut vergossen!

Jetzt sind freilich aufgeklärter
Diese Menschen, und sie töten
Nicht einander mehr aus Eifer
Für die himmlischen Intressen; –

Nein, nicht mehr der fromme Wahn,
Nicht die Schwärmerei, nicht Tollheit,
Sondern Eigennutz und Selbstsucht
Treibt sie jetzt zu Mord und Totschlag.

Nach den Gütern dieser Erde
Greifen alle um die Wette,
Und das ist ein ewges Raufen,
Und ein jeder stiehlt für sich!

Ja, das Erbe der Gesamtheit
Wird dem Einzelnen zur Beute,
Und von Rechten des Besitzes
Spricht er dann, von Eigentum!

Eigentum! Recht des Besitzes!
O des Diebstahls! O der Lüge!
Solch Gemisch von List und Unsinn
Konnte nur der Mensch erfinden.

Keine Eigentümer schuf
Die Natur, denn taschenlos,
Ohne Taschen in den Pelzen,
Kommen wir zur Welt, wir Alle.

Keinem von uns Allen wurden
Angeboren solche Säckchen
In dem äußern Leibesfelle,
Um den Diebstahl zu verbergen.

Nur der Mensch, das glatte Wesen,
Das mit fremder Wolle künstlich
Sich bekleidet, wußt auch künstlich
Sich mit Taschen zu versorgen.

Eine Tasche! Unnatürlich
Ist sie wie das Eigentum,
Wie die Rechte des Besitzes –
Taschendiebe sind die Menschen!

Glühend haß ich sie! Vererben
Will ich dir, mein Sohn, den Haß.
Hier auf diesem Altar sollst du
Ewgen Haß den Menschen schwören!

Sei der Todfeind jener argen
Unterdrücker, unversöhnlich,
Bis ans Ende deiner Tage, –
Schwör es, schwör es hier, mein Sohn!«

Und der Jüngling schwur, wie ehmals
Hannibal. Der Mond beschien
Gräßlich gelb den alten Blutstein
Und die beiden Misanthropen. – –

Später wollen wir berichten,
Wie der Jungbär treu geblieben
Seinem Eidschwur; unsre Leier
Feiert ihn im nächsten Epos.

Was den Atta anbetrifft,
So verlassen wir ihn gleichfalls,
Doch um später ihn zu treffen,
Desto sichrer, mit der Kugel.

Deine Untersuchungsakten,
Hochverräter an der Menschheit
Majestät! sind jetzt geschlossen;
Morgen wird auf dich gefahndet.

Caput XI

Wie verschlafne Bajaderen
Schaun die Berge, stehen fröstelnd
In den weißen Nebelhemden,
Die der Morgenwind bewegt.

Doch sie werden bald ermuntert
Von dem Sonnengott, er streift
Ihnen ab die letzte Hülle
Und bestrahlt die nackte Schönheit!

In der Morgenfrühe war ich
Mit Laskaro ausgezogen
Auf die Bärenjagd. Um Mittag
Kamen wir zum Pont-d'Espagne.

So geheißen ist die Brücke,
Die aus Frankreich führt nach Spanien,
Nach dem Land der Westbarbaren,
Die um tausend Jahr zurück sind.

Sind zurück um tausend Jahre
In moderner Weltgesittung –
Meine eignen Ostbarbaren
Sind es nur um ein Jahrhundert.

Zögernd, fast verzagt, verließ ich
Den geweihten Boden Frankreichs,
Dieses Vaterlands der Freiheit
Und der Frauen, die ich liebe.

Mitten auf dem Pont-d'Espagne
Saß ein armer Spanier. Elend
Lauschte aus des Mantels Löchern,
Elend lauschte aus den Augen.

Eine alte Mandoline
Kneipte er mit magern Fingern;
Schriller Mißlaut, der verhöhnend
Aus den Klüften widerhallte.

Manchmal beugt er sich hinunter
Nach dem Abgrund und er lachte,
Klimperte nachher noch toller,
Und er sang dabei die Worte:

»Mitten drin in meinem Herzen
Steht ein kleines güldnes Tischchen,
Um das kleine güldne Tischchen
Stehn vier kleine güldne Stühlchen.

Auf den güldnen Stühlchen sitzen
Kleine Dämchen, güldne Pfeile
Im Chignon; sie spielen Karten,
Aber Clara nur gewinnt.

Sie gewinnt und lächelt schalkhaft.
Ach, in meinem Herzen, Clara,
Wirst du jedesmal gewinnen,
Denn du hast ja alle Trümpfe.« –

Weiter wandernd, zu mir selber
Sprach ich: Sonderbar, der Wahnsinn
Sitzt und singt auf jener Brücke,
Die aus Frankreich führt nach Spanien.

Ist der tolle Bursch das Sinnbild
Vom Ideentausch der Länder?
Oder ist er seines Volkes
Sinnverrücktes Titelblatt?

Gegen Abend erst erreichten
Wir die klägliche Posada,
Wo die Ollea-Potrida
Dampfte in der schmutzgen Schüssel.

Dorten aß ich auch Garbanzos,
Groß und schwer wie Flintenkugeln,
Unverdaulich selbst dem Deutschen,
Der mit Klößen aufgewachsen.

Und ein Seitenstück der Küche
War das Bett. Ganz mit Insekten
Wie gepfeffert - Ach! die Wanzen
Sind des Menschen schlimmste Feinde.

Schlimmer als der Zorn von tausend
Elefanten ist die Feindschaft
Einer einzgen kleinen Wanze,
Die auf deinem Lager kriecht.

Mußt dich ruhig beißen lassen -
Das ist schlimm - Noch schlimmer ist es,
Wenn du sie zerdrückst: der Mißduft
Quält dich dann die ganze Nacht.

Ja, das Schrecklichste auf Erden
Ist der Kampf mit Ungeziefer,
Dem Gestank als Waffe dient -
Das Duell mit einer Wanze!

Caput XII

Wie sie schwärmen, die Poeten,
Selbst die zahmen! und sie singen
Und sie sagen: die Natur
Sei ein großer Tempel Gottes;

Sei ein Tempel, dessen Prächte
Von dem Ruhm des Schöpfers zeugten,
Sonne, Mond und Sterne hingen
Dort als Lampen in der Kuppel.

Immerhin, Ihr guten Leute!
Doch gesteht, in diesem Tempel
Sind die Treppen unbequem –
Niederträchtig schlechte Treppen!

Dieses Ab- und Niedersteigen,
Bergaufklimmen und das Springen
Über Blöcke, es ermüdet
Meine Seel und meine Beine.

Neben mir schritt der Laskaro,
Blaß und lang, wie eine Kerze;
Niemals spricht er, niemals lacht er,
Er, der tote Sohn der Hexe.

Ja, es heißt, er sei ein Toter,
Längstverstorben, doch der Mutter,
Der Uraka, Zauberkünste
Hielten scheinbar ihn am Leben. –

Die verwünschten Tempeltreppen!
Daß ich stolpernd in den Abgrund
Nicht den Hals gebrochen mehrmals,
Ist mir heut noch unbegreiflich.

Wie die Wasserstürze kreischten!
Wie der Wind die Tannen peitschte,
Daß sie heulten! Plötzlich platzten
Auch die Wolken – schlechtes Wetter!

In der kleinen Fischerhütte,
An dem Lac-de-Gobe fanden
Wir ein Obdach und Forellen;
Diese aber schmeckten köstlich.

In dem Polsterstuhle lehnte,
Krank und grau, der alte Fährmann.
Seine beiden schönen Nichten,
Gleich zwei Engeln, pflegten seiner.

Dicke Engel, etwas flämisch,
Wie entsprungen aus dem Rahmen
Eines Rubens: goldne Locken,
Kerngesunde, klare Augen,

Grübchen in Zinnoberwangen,
Drin die Schalkheit heimlich kichert,
Und die Glieder stark und üppig,
Lust und Furcht zugleich erregend.

Hübsche, herzliche Geschöpfe,
Die sich köstlich disputierten:
Welcher Trank dem siechen Oheim
Wohl am besten munden würde?

Reicht die Eine ihm die Schale
Mit gekochten Lindenblüten,
Dringt die Andre auf ihn ein
Mit Holunderblumen-Aufguß.

»Keins von beiden will ich saufen«, -
Rief der Alte ungeduldig -
»Holt mir Wein, daß ich den Gästen
Einen bessern Trunk kredenze!«

Ob es wirklich Wein gewesen
Was ich trank am Lac-de-Gobe,
Weiß ich nicht. In Braunschweig hätt ich
Wohl geglaubt, es wäre Mumme.

Von dem besten schwarzen Bocksfell
War der Schlauch; er stank vorzüglich.
Doch der Alte trank so freudig,
Und er ward gesund und heiter.

Er erzählte uns die Taten
Der Banditen und der Schmuggler,
Die da hausen, frei und frank,
In den Pyrenäenwäldern.

Auch von älteren Geschichten
Wußt er viele, unter andern
Auch die Kämpfe der Giganten
Mit den Bären in der Vorzeit.

Ja, die Riesen und die Bären
stritten weiland um die Herrschaft
Dieser Berge, dieser Täler,
Eh die Menschen eingewandert.

Bei der Menschen Ankunft flohen
Aus dem Lande fort die Riesen,
Wie verblüfft; denn wenig Hirn
Steckt in solchen großen Köpfen.

Auch behauptet man: die Tölpel,
Als sie an das Meer gelangten
Und gesehn, wie sich der Himmel
In der blauen Flut gespiegelt,

Hätten sie geglaubt, das Meer
Sei der Himmel, und sie stürzten
Sich hinein mit Gottvertrauen;
Seien sämtlich dort ersoffen.

Was die Bären anbeträfe,
So vertilge jetzt der Mensch
Sie allmählich, jährlich schwände
Ihre Zahl in dem Gebirge.

»So macht Einer« - sprach der Alte -
»Platz dem Andern auf der Erde.
Nach dem Untergang der Menschen
Kommt die Herrschaft an die Zwerge,

An die winzig klugen Leutchen,
Die im Schoß der Berge hausen,
In des Reichtums goldnen Schachten,
Emsig klaubend, emsig sammelnd.

Wie sie lauern aus den Löchern,
Mit den pfiffig kleinen Köpfchen,
Sah ich selber oft im Mondschein,
Und mir graute vor der Zukunft!

Vor der Geldmacht jener Knirpse!
Ach, ich fürchte, unsre Enkel
Werden sich wie dumme Riesen
In den Wasserhimmel flüchten!«

Caput XIII

In dem schwarzen Felsenkessel
Ruht der See, das tiefe Wasser.
Melancholisch bleiche Sterne
Schaun vom Himmel. Nacht und Stille.

Nacht und Stille. Ruderschläge.
Wie ein plätscherndes Geheimnis
Schwimmt der Kahn. Des Fährmanns Rolle
Übernahmen seine Nichten.

Rudern flink und froh. Im Dunkeln
Leuchten manchmal ihre stämmig
Nackten Arme, sternbeglänzt,
Und die großen blauen Augen.

Mir zur Seite sitzt Laskaro,
Wie gewöhnlich blaß und schweigsam.
Mich durchschauert der Gedanke:
Ist er wirklich nur ein Toter?

Bin ich etwa selbst gestorben,
Und ich schiffe jetzt hinunter,
Mit gespenstischen Gefährten,
In das kalte Reich der Schatten?

Dieser See, ist er des Styxes
Düstre Flut? Läßt Proserpine,
In Ermangelung des Charon,
Mich durch ihre Zofen holen?

Nein, ich bin noch nicht gestorben
Und erloschen - In der Seele
Glüht mir noch und jauchzt und lodert
Die lebendge Lebensflamme.

Diese Mädchen, die das Ruder
Lustig schwingen und auch manchmal
Mit dem Wasser, das herabträuft,
Mich bespritzen, lachend, schäkernd -

Diese frischen, drallen Dirnen
Sind fürwahr nicht geisterhafte
Kammerkatzen aus der Hölle,
Nicht die Zofen Proserpinens!

Daß ich ganz mich überzeuge
Ihrer Oberweltlichkeit,
Und der eignen Lebensfülle
Auch tatsächlich mich versichre,

Drückt ich hastig meine Lippen
Auf die roten Wangengrübchen,
Und ich machte den Vernunftschluß:
Ja, ich küsse, also leb ich!

Angelangt ans Ufer, küßt ich
Noch einmal die guten Mädchen;
Nur in dieser Münze ließen
Sie das Fährgeld sich bezahlen.

Caput XIV

Aus dem sonngen Goldgrund lachen
Violette Bergeshöhen,
Und am Abhang klebt ein Dörfchen,
Wie ein keckes Vogelnest.

Als ich dort hinaufklomm, fand ich,
Daß die Alten ausgeflogen
Und zurückgeblieben nur
Junge Brut, die noch nicht flügge.

Hübsche Bübchen, kleine Mädchen,
Fast vermummt in scharlachroten
Oder weißen wollnen Kappen;
Spielten Brautfahrt, auf dem Marktplatz.

Ließen sich im Spiel nicht stören,
Und ich sah, wie der verliebte
Mäuseprinz pathetisch kniete
Vor der Katzenkaiserstochter.

Armer Prinz! Er wird vermählt
Mit der Schönen. Mürrisch zankt sie,
Und sie beißt ihn, und sie frißt ihn;
Tote Maus, das Spiel ist aus.

Fast den ganzen Tag verweilt ich
Bei den Kindern, und wir schwatzten
Sehr vertraut. Sie wollten wissen,
Wer ich sei und was ich triebe?

Liebe Freunde, - sprach ich - Deutschland
Heißt das Land, wo ich geboren;
Bären gibt es dort in Menge,
Und ich wurde Bärenjäger.

Manchem zog ich dort das Fell
Über seine Bärenohren.
Wohl mitunter ward ich selber
Stark gezaust von Bärentatzen.

Doch mit schlechtgeleckten Tölpeln
Täglich mich herumzubalgen
In der teuren Heimat, dessen
Ward ich endlich überdrüssig.

Und ich bin hierhergekommen
Beßres Weidwerk aufzusuchen;
Meine Kraft will ich versuchen
An dem großen Atta Troll.

Dieser ist ein edler Gegner,
Meiner würdig. Ach! in Deutschland
Hab ich manchen Kampf bestanden,
Wo ich mich des Sieges schämte. - -

Als ich Abschied nahm, da tanzten
Um mich her die kleinen Wesen
Eine Ronde, und sie sangen:
Girofflino, Girofflette!

Keck und zierlich trat zuletzt
Vor mir hin die Allerjüngste,
Knickste zweimal, dreimal, viermal,
Und sie sang mit feiner Stimme:

»Wenn der König mir begegnet,
Mach ich ihm zwei Reverenzen,
Und begegnet mir die Köngin,
Mach ich Reverenzen drei.

Aber kommt mir gar der Teufel
In den Weg mit seinen Hörnern,
Knicks ich zweimal, dreimal, viermal -
Girofflino, Girofflette!«

Girofflino, Girofflette!
Wiederholt' das Chor, und neckend
Wirbelte um meine Beine
Sich der Ringeltanz und Singsang.

Während ich ins Tal hinabstieg,
Scholl mir nach, verhallend lieblich,
Immerfort, wie Vogelzwitschern:
Girofflino, Girofflette!

Caput XV

Riesenhafte Felsenblöcke,
Mißgestaltet und verzerrt,
Schaun mich an gleich Ungetümen,
Die versteinert, aus der Urzeit.

Seltsam! Graue Wolken schweben
Drüber hin, wie Doppelgänger;
Sind ein blödes Konterfei
Jener wilden Steinfiguren.

In der Ferne rast der Sturzbach,
Und der Wind heult in den Föhren;
Ein Geräusch, das unerbittlich
Und fatal wie die Verzweiflung.

Schauerliche Einsamkeiten!
Schwarze Dohlenscharen sitzen
Auf verwittert morschen Tannen,
Flattern mit den lahmen Flügeln.

Neben mir geht der Laskaro,
Blaß und schweigsam, und ich selber
Mag wohl wie der Wahnsinn aussehn,
Den der leidge Tod begleitet.

Eine häßlich wüste Gegend.
Liegt darauf ein Fluch? Ich glaube
Blut zu sehen an den Wurzeln
Jenes Baums, der ganz verkrüppelt.

Er beschattet eine Hütte,
Die verschämt sich in der Erde
Halb versteckt; wie furchtsam flehend
Schaut dich an das arme Strohdach.

Die Bewohner dieser Hütte
Sind Cagoten, Überbleibsel
Eines Stamms, der tief im Dunkeln
Sein zertretnes Dasein fristet.

In den Herzen der Baskesen
Würmelt heute noch der Abscheu
Vor Cagoten. Düstres Erbteil
Aus der düstern Glaubenszeit.

In dem Dome zu Bagnères
Lauscht ein enges Gitterpförtchen;
Dieses, sagte mir der Küster,
War die Türe der Cagoten.

Streng versagt war ihnen ehmals
Jeder andre Kircheneingang,
Und sie kamen wie verstohlen
In das Gotteshaus geschlichen.

Dort auf einem niedern Schemel
Saß der Cagot, einsam betend,
Und gesondert, wie verpestet,
Von der übrigen Gemeinde. –

Aber die geweihten Kerzen
Des Jahrhunderts flackern lustig,
Und das Licht verscheucht die bösen
Mittelalterlichen Schatten! –

Stehn blieb draußen der Laskaro,
Während ich in des Cagoten
Niedre Hütte trat. Ich reichte
Freundlich meine Hand dem Bruder.

Und ich küßte auch sein Kind,
Das, am Busen seines Weibes
Angeklammert, gierig saugte;
Einer kranken Spinne glich es.

Caput XVI

Schaust du diese Bergesgipfel
Aus der Fern, so strahlen sie,
Wie geschmückt mit Gold und Purpur,
Fürstlich stolz im Sonnenglanze.

Aber in der Nähe schwindet
Diese Pracht, und wie bei andern
Irdischen Erhabenheiten
Täuschten dich die Lichteffekte.

Was dir Gold und Purpur dünkte,
Ach, das ist nur eitel Schnee,
Eitel Schnee, der blöd und kläglich
In der Einsamkeit sich langweilt.

Oben in der Nähe hört ich,
Wie der arme Schnee geknistert,
Und den fühllos kalten Winden
All sein weißes Elend klagte.

»O, wie langsam« - seufzt' er - »schleichen
In der Öde hier die Stunden!
Diese Stunden ohne Ende,
Wie gefrorne Ewigkeiten!

O, ich armer Schnee! O, wär ich,
Statt auf diese Bergeshöhen,
Wär ich doch ins Tal gefallen,
In das Tal, wo Blumen blühen!

Hingeschmolzen wär ich dann
Als ein Bächlein, und des Dorfes
Schönstes Mädchen wüsche lächelnd
Ihr Gesicht mit meiner Welle.

Ja, ich wär vielleicht geschwommen
Bis ins Meer, wo ich zur Perle
Werden konnte, um am Ende
Eine Königskron zu zieren!«

Als ich diese Reden hörte,
Sprach ich: »Liebster Schnee, ich zweifle,
Daß im Tale solch ein glänzend
Schicksal dich erwartet hätte.

Tröste dich. Nur wenge unten
Werden Perlen, und du fielest
Dort vielleicht in eine Pfütze,
Und ein Dreck wärst du geworden!«

Während ich in solcher Weise
Mit dem Schnee Gespräche führte,
Fiel ein Schuß, und aus den Lüften
Stürzt herab ein brauner Geier.

Späßchen wars von dem Laskaro,
Jägerspäßchen. Doch sein Antlitz
Blieb wie immer starr und ernsthaft.
Nur der Lauf der Flinte rauchte.

Eine Feder riß er schweigend
Aus dem Steiß des Vogels, steckte
Sie auf seinen spitzen Filzhut,
Und er schritt des Weges weiter.

Schier unheimlich war der Anblick,
Wie sein Schatten mit der Feder
Auf dem weißen Schnee der Koppen,
Schwarz und lang, sich hinbewegte.

Caput XVII

Ist ein Tal gleich einer Gasse,
Geisterhohlweg ist der Name;
Schroffe Felsen ragen schwindlicht
Hoch empor zu jeder Seite.

Dort, am schaurig steilsten Abhang,
Lugt ins Tal, wie eine Warte,
Der Uraka keckes Häuslein;
Dorthin folgt ich dem Laskaro.

Mit der Mutter hielt er Rat,
In geheimster Zeichensprache,
Wie der Atta Troll gelockt
Und getötet werden könne.

Denn wir hatten seine Fährte
Gut erspürt. Entrinnen konnt er
Uns nicht mehr. Gezählt sind deine
Lebenstage, Atta Troll!

Ob die Alte, die Uraka,
Wirklich eine ausgezeichnet
Große Hexe, wie die Leute
In den Pyrenän behaupten,

Will ich nimmermehr entscheiden.
So viel weiß ich, daß ihr Äußres
Sehr verdächtig. Sehr verdächtig
Triefen ihre roten Augen.

Bös und schielend ist der Blick;
Und es heißt, den armen Kühen,
Die sie anblickt, trockne plötzlich
In der Euter alle Milch.

Man versichert gar, sie habe,
Streichelnd mit den dürren Händen,
Manches fette Schwein getötet
Und sogar die stärksten Ochsen.

Solcherlei Verbrechens wurde
Sie zuweilen auch verklagt
Bei dem Friedensrichter. Aber
Dieser war ein Voltairianer,

Ein modernes, flaches Weltkind,
Ohne Tiefsinn, ohne Glauben,
Und die Kläger wurden skeptisch,
Fast verhöhnend, abgewiesen.

Offiziell treibt die Uraka
Ein Geschäft, das sehr honett;
Denn sie handelt mit Bergkräutern
Und mit ausgestopften Vögeln.

Voll von solchen Naturalien
War die Hütte. Schrecklich rochen
Bilsenkraut und Kuckucksblumen,
Pissewurz und Totenflieder.

Eine Kollektion von Geiern
War vortrefflich aufgestellt,
Mit den ausgestreckten Flügeln
Und den ungeheuren Schnäbeln.

Wars der Duft der tollen Pflanzen,
Der betäubend mir zu Kopf stieg?
Wundersam ward mir zu Mute
Bei dem Anblick dieser Vögel.

Sind vielleicht verwünschte Menschen,
Die durch Zauberkunst in diesem
Unglückselgen, ausgestopften
Vogelzustand sich befinden.

Sehn mich an so starr und leidend,
Und zugleich so ungeduldig;
Manchmal scheinen sie auch scheu
Nach der Hexe hinzuschielen.

Diese aber, die Uraka,
Kauert neben ihrem Sohne,
Dem Laskaro, am Kamine.
Kochen Blei und gießen Kugeln.

Gießen jene Schicksalskugel,
Die den Atta Troll getötet.
Wie die Flammen hastig zuckten
Über das Gesicht der Hexe!

Sie bewegt die dünnen Lippen
Unaufhörlich, aber lautlos.
Murmelt sie den Drudensegen,
Daß der Kugelguß gedeihe?

Manchmal kichert sie und nickt sie
Ihrem Sohne. Aber dieser
Fördert sein Geschäft so ernsthaft
Und so schweigsam wie der Tod. –

Schwül bedrückt von Schauernissen,
Ging ich, freie Luft zu schöpfen,
An das Fenster, und ich schaute
Dort hinab ins weite Tal.

Was ich sah zu jener Stunde –
Zwischen Mitternacht und Eins –
Werd ich treu und hübsch berichten
In den folgenden Kapiteln.

Caput XVIII

Und es war die Zeit des Vollmonds,
In der Nacht vor Sankt Johannis,
Wo der Spuk der wilden Jagd
Umzieht durch den Geisterhohlweg.

Aus dem Fenster von Urakas
Hexennest konnt ich vortrefflich
Das Gespensterheer betrachten,
Wie es durch die Gasse hinzog.

Hatte einen guten Platz
Den Spektakel anzuschauen;
Ich genoß den vollen Anblick
Grabentstiegner Totenfreude.

Peitschenknall, Hallo und Hussa!
Roßgewiehr, Gebell von Hunden!
Jagdhorntöne und Gelächter!
Wie das jauchzend widerhallte!

Lief voraus, gleichsam als Vortrab,
Abenteuerliches Hochwild,
Hirsch und Säue, rudelweis;
Hetzend hinterdrein die Meute.

Jäger aus verschiednen Zonen
Und aus gar verschiednen Zeiten;
Neben Nimrod von Assyrien
Ritt zum Beispiel Karl der Zehnte.

Hoch auf weißen Rossen sausten
Sie dahin. Zu Fuße folgten
Die Pikeure mit der Koppel
Und die Pagen mit den Fackeln.

Mancher in dem wüsten Zuge
Schien mir wohlbekannt - der Ritter,
Der in goldner Rüstung glänzte,
War es nicht der König Artus?

Und Herr Ogier, der Däne,
Trug er nicht den schillernd grünen
Ringenpanzer, daß er aussah
Wie ein großer Wetterfrosch?

Auch der Helden des Gedankens
Sah ich manchen in dem Zuge.
Ich erkannte unsern Wolfgang
An dem heitern Glanz der Augen -

Denn, verdammt von Hengstenberg,
Kann er nicht im Grabe ruhen,
Und mit heidnischem Gelichter
Setzt er fort des Lebens Jagdlust.

An des Mundes holdem Lächeln
Hab ich auch erkannt den William,
Den die Puritaner gleichfalls
Einst verflucht; auch dieser Sünder

Muß das wilde Heer begleiten
Nachts auf einem schwarzen Rappen.
Neben ihm, auf einem Esel,
Ritt ein Mensch - Und, heilger Himmel,

An der matten Betermiene,
An der frommen weißen Schlafmütz,
An der Seelenangst, erkannt ich
Unsern alten Freund Franz Horn!

Weil er einst das Weltkind Shakespear
Kommentiert, muß jetzt der Ärmste
Nach dem Tode mit ihm reiten
Im Tumult der wilden Jagd!

Ach, mein stiller Franz muß reiten,
Er, der kaum gewagt zu gehen,
Er, der nur im Teegeschwätze
Und im Beten sich bewegte!

Werden nicht die alten Jungfern,
Die gehätschelt seine Ruhe,
Sich entsetzen, wenn sie hören,
Daß der Franz ein wilder Jäger!

Wenn es manchmal im Galopp geht,
Schaut der große William spöttisch
Auf den armen Kommentator,
Der im Eselstrab ihm nachfolgt,

Ganz ohnmächtig, fest sich krampend
An den Sattelknopf des Grauchens,
Doch im Tode, wie im Leben,
Seinem Autor treulich folgend.

Auch der Damen sah ich viele
In dem tollen Geisterzuge,
Ganz besonders schöne Nymphen,
Schlanke, jugendliche Leiber.

Rittlings saßen sie zu Pferde,
Mythologisch splitternackt;
Doch die Haare fielen lockigt
Lang herab, wie goldne Mäntel.

Trugen Kränze auf den Häuptern,
Und mit keck zurückgebognen,
Übermütgen Posituren
Schwangen sie belaubte Stäbe.

Neben ihnen sah ich einge
Zugeknöpfte Ritterfräulein,
Schräg auf Damensätteln sitzend,
Und den Falken auf der Faust.

Parodistisch hinterdrein,
Auf Schindmähren, magern Kleppern,
Ritt ein Troß von komödiantisch
Aufgeputzten Weibspersonen,

Deren Antlitz reizend lieblich,
Aber auch ein bißchen frech.
Schrien, wie rasend, mit den vollen
Liederlich geschminkten Backen.

Wie das jubelnd widerhallte!
Jagdhorntöne und Gelächter!
Roßgewiehr, Gebell von Hunden!
Peitschenknall, Hallo und Hussa!

Caput XIX

Aber als der Schönheit Kleeblatt
Ragten in des Zuges Mitten
Drei Gestalten - Nie vergeß ich
Diese holden Frauenbilder.

Leicht erkennbar war die Eine
An dem Halbmond auf dem Haupte;
Stolz, wie eine reine Bildsäul,
Ritt einher die große Göttin.

Hochgeschürzte Tunika,
Brust und Hüften halb bedeckend.
Fackellicht und Mondschein spielten
Lüstern um die weißen Glieder.

Auch das Antlitz weiß wie Marmor,
Und wie Marmor kalt. Entsetzlich
War die Starrheit und die Blässe
Dieser strengen edlen Züge.

Doch in ihrem schwarzen Auge
Loderte ein grauenhaftes
Und unheimlich süßes Feuer,
Seelenblendend und verzehrend.

Wie verändert ist Diana,
Die, im Übermut der Keuschheit,
Einst den Aktäon verhirschte
Und den Hunden preisgegeben!

Büßt sie jetzt für diese Sünde
In galantester Gesellschaft?
Wie ein spukend armes Weltkind
Fährt sie nächtlich durch die Lüfte.

Spät zwar, aber desto stärker
Ist erwacht in ihr die Wollust,
Und es brennt in ihren Augen
Wie ein wahrer Höllenbrand.

Die verlorne Zeit bereut sie,
Wo die Männer schöner waren,
Und die Quantität ersetzt ihr
Jetzt vielleicht die Qualität.

Neben ihr ritt eine Schöne,
Deren Züge nicht so griechisch
Streng gemessen, doch sie strahlten
Von des Celtenstammes Anmut.

Dieses war die Fee Abunde,
Die ich leicht erkennen konnte
An der Süße ihres Lächelns
Und am herzlich tollen Lachen!

Ein Gesicht, gesund und rosig,
Wie gemalt von Meister Greuze,
Mund in Herzform, stets geöffnet,
Und entzückend weiße Zähne.

Trug ein flatternd blaues Nachtkleid,
Das der Wind zu lüften suchte -
Selbst in meinen besten Träumen
Sah ich nimmer solche Schultern!

Wenig fehlte und ich sprang
Aus dem Fenster, sie zu küssen!
Dieses wär mir schlecht bekommen,
Denn den Hals hätt ich gebrochen.

Ach! sie hätte nur gelacht,
Wenn ich unten in den Abgrund
Blutend fiel zu ihren Füßen -
Ach! ich kenne solches Lachen!

Und das dritte Frauenbild,
Das dein Herz so tief bewegte,
War es eine Teufelinne,
Wie die andern zwo Gestalten?

Obs ein Teufel oder Engel,
Weiß ich nicht. Genau bei Weibern
Weiß man niemals, wo der Engel
Aufhört und der Teufel anfängt.

Auf dem glutenkranken Antlitz
Lag des Morgenlandes Zauber,
Auch die Kleider mahnten kostbar
An Scheherezadens Märchen.

Sanfte Lippen, wie Grenaten,
Ein gebognes Liljennäschen,
Und die Glieder schlank und kühlig
Wie die Palme der Oase.

Lehnte hoch auf weißem Zelter,
Dessen Goldzaum von zwei Mohren
Ward geleitet, die zu Fuß
An der Fürstin Seite trabten.

Wirklich eine Fürstin war sie,
War Judäas Königin,
Des Herodes schönes Weib,
Die des Täufers Haupt begehrt hat.

Dieser Blutschuld halber ward sie
Auch vermaledeit; als Nachtspuk
Muß sie bis zum jüngsten Tage
Reiten mit der wilden Jagd.

In den Händen trägt sie immer
Jene Schüssel mit dem Haupte
Des Johannes, und sie küßt es;
Ja, sie küßt das Haupt mit Inbrunst.

Denn sie liebte einst Johannem –
In der Bibel steht es nicht,
Doch im Volke lebt die Sage
Von Herodias' blutger Liebe –

Anders wär ja unerklärlich
Das Gelüste jener Dame –
Wird ein Weib das Haupt begehren
Eines Manns, den sie nicht liebt?

War vielleicht ein bißchen böse
Auf den Liebsten, ließ ihn köpfen;
Aber als sie auf der Schüssel
Das geliebte Haupt erblickte,

Weinte sie und ward verrückt,
Und sie starb in Liebeswahnsinn.
(Liebeswahnsinn! Pleonasmus!
Liebe ist ja schon ein Wahnsinn!)

Nächtlich auferstehend trägt sie,
Wie gesagt, das blutge Haupt
In der Hand, auf ihrer Jagdfahrt –
Doch mit toller Weiberlaune

Schleudert sie das Haupt zuweilen
Durch die Lüfte, kindisch lachend,
Und sie fängt es sehr behende
Wieder auf, wie einen Spielball.

Als sie mir vorüberritt,
Schaute sie mich an und nickte
So kokett zugleich und schmachtend,
Daß mein tiefstes Herz erbebte.

Dreimal auf- und niederwogend
Fuhr der Zug vorbei, und dreimal
im Vorüberreiten grüßte
Mich das liebliche Gespenst.

Als der Zug bereits erblichen
Und verklungen das Getümmel,
Loderte mir im Gehirne
Immer fort der holde Gruß.

Und die ganze Nacht hindurch
Wälzte ich die müden Glieder
Auf der Streu – (denn Federbetten
Gabs nicht in Urakas Hütte) –

Und ich sann: was mag bedeuten
Das geheimnisvolle Nicken?
Warum hast du mich so zärtlich
Angesehn, Herodias?

Caput XX

Sonnenaufgang. Goldne Pfeile
Schießen nach den weißen Nebeln,
Die sich röten, wie verwundet,
Und in Glanz und Licht zerrinnen.

Endlich ist der Sieg erfochten,
Und der Tag, der Triumphator,
Tritt, in strahlend voller Glorie,
Auf den Nacken des Gebirges.

Der Gevögel laute Sippschaft
Zwitschert in verborgnen Nestern,
Und ein Kräuterduft erhebt sich,
Wie 'n Konzert von Wohlgerüchen. -

In der ersten Morgenfrühe
Waren wir ins Tal gestiegen,
Und derweilen der Laskaro
Seines Bären Spur verfolgte,

Suchte ich die Zeit zu töten
Mit Gedanken. Doch das Denken
Machte mich am Ende müde
Und sogar ein bißchen traurig.

Endlich müd und traurig sank ich
Nieder auf die weiche Moosbank,
Unter jener großen Esche,
Wo die kleine Quelle floß,

Die mit wunderlichem Plätschern
Also wunderlich betörte
Mein Gemüt, daß die Gedanken
Und das Denken mir vergingen.

Es ergriff mich wilde Sehnsucht
Wie nach Traum und Tod und Wahnsinn,
Und nach jenen Reiterinnen,
Die ich sah im Geisterheerzug.

O, Ihr holden Nachtgesichte,
Die das Morgenrot verscheuchte,
Sagt, wohin seid Ihr entflohen?
Sagt, wo hauset Ihr am Tage?

Unter alten Tempeltrümmern,
Irgendwo in der Romagna,
(Also heißt es) birgt Diana
Sich vor Christi Tagesherrschaft.

Nur in mitternächtgem Dunkel
Wagt sie es hervorzutreten,
Und sie freut sich dann des Weidwerks
Mit den heidnischen Gespielen.

Auch die schöne Fee Abunde
Fürchtet sich vor Nazarenern,
Und den Tag hindurch verweilt sie
In dem sichern Avalun.

Dieses Eiland liegt verborgen
Ferne, in dem stillen Meere
Der Romantik, nur erreichbar
Auf des Fabelrosses Flügeln.

Niemals ankert dort die Sorge,
Niemals landet dort ein Dampfschiff
Mit neugierigen Philistern,
Tabakspfeifen in den Mäulern.

Niemals dringt dorthin das blöde
Dumpflangweilge Glockenläuten,
Jene trüben Bumm-Bamm-Klänge,
Die den Feen so verhaßt.

Dort in ungestörtem Frohsinn,
Und in ewger Jugend blühend,
Residiert die heitre Dame,
Unsre blonde Frau Abunde.

Lachend geht sie dort spazieren
Unter hohen Sonnenblumen,
Mit dem kosenden Gefolge
Weltentrückter Paladine.

Aber du, Herodias,
Sag, wo bist du? - Ach, ich weiß es,
Du bist tot und liegst begraben
Bei der Stadt Jeruscholayim!

Starren Leichenschlaf am Tage
Schläfst du in dem Marmorsarge;
Doch um Mitternacht erweckt dich
Peitschenknall, Hallo und Hussa!

Und du folgst dem wilden Heerzug
Mit Dianen und Abunden,
Mit den heitern Jagdgenossen,
Denen Kreuz und Qual verhaßt ist!

Welche köstliche Gesellschaft!
Könnt ich nächtlich mit Euch jagen
Durch die Wälder! Dir zur Seite
Ritt ich stets, Herodias!

Denn ich liebe dich am meisten!
Mehr als jene Griechengöttin,
Mehr als jene Fee des Nordens,
Lieb ich dich, du tote Jüdin!

Ja, ich liebe dich! Ich merk es
An dem Zittern meiner Seele.
Liebe mich und sei mein Liebchen,
Schönes Weib, Herodias!

Liebe mich und sei mein Liebchen!
Schleudre fort den blutgen Dummkopf
Samt der Schüssel, und genieße
Schmackhaft bessere Gerichte.

Bin so recht der rechte Ritter,
Den du brauchst - Mich kümmerts wenig,
Daß du tot und gar verdammt bist -
Habe keine Vorurteile -

Haperts doch mit meiner eignen
Seligkeit, und ob ich selber
Noch dem Leben angehöre,
Daran zweifle ich zuweilen!

Nimm mich an als deinen Ritter,
Deinen Cavalier-servente;
Werde deinen Mantel tragen
Und auch alle deine Launen.

Jede Nacht, an deiner Seite,
Reit ich mit dem wilden Heere,
Und wir kosen und wir lachen
Über meine tollen Reden.

Werde dir die Zeit verkürzen
In der Nacht - Jedoch am Tage
Schwindet jede Lust, und weinend
Sitz ich dann auf deinem Grabe.

Ja, am Tage sitz ich weinend
Auf dem Schutt der Königsgrüfte,
Auf dem Grabe der Geliebten,
Bei der Stadt Jeruscholayim.

Alte Juden, die vorbeigehn,
Glauben dann gewiß, ich traure
Ob dem Untergang des Tempels
Und der Stadt Jeruscholayim.

Caput XXI

Argonauten ohne Schiff,
Die zu Fuß gehn im Gebirge,
Und anstatt des goldnen Vließes
Nur ein Bärenfell erzielen –

Ach! wir sind nur arme Teufel,
Helden von modernem Zuschnitt,
Und kein klassischer Poet
Wird uns im Gesang verewgen!

Und wir haben doch erlitten
Große Nöten! Welcher Regen
Überfiel uns auf der Koppe,
Wo kein Baum und kein Fiaker!

Wolkenbruch! (Das Bruchband platzte.)
Kübelweis stürzt' es herunter!
Jason ward gewiß auf Kolchis
Nicht durchnäßt von solchem Sturzbad.

»Einen Regenschirm! ich gebe
Sechsunddreißig Könige
Jetzt für einen Regenschirm!«
Rief ich, und das Wasser troff.

Sterbensmüde, sehr verdrießlich,
Wie begoßne Pudel, kamen
Wir in später Nacht zurück
Nach der hohen Hexenhütte.

Dort am lichten Feuerherde
Saß Uraka und sie kämmte
Ihren großen, dicken Mops.
Diesem gab sie schnell den Laufpaß,

Um mit uns sich zu beschäftgen.
Sie bereitete mein Lager,
Löste mir die Espardillen,
Dieses unbequeme Fußzeug,

Half mir beim Entkleiden, zog mir
Auch die Hosen aus; sie klebten
Mir am Beine, eng und treu,
Wie die Freundschaft eines Tölpels.

»Einen Schlafrock! Sechsunddreißig
Könige für einen trocknen
Schlafrock!« rief ich, und es dampfte
Mir das nasse Hemd am Leibe.

Fröstelnd, zähneklappernd stand ich
Eine Weile an dem Herde.
Wie betäubt vom Feuer sank ich
Endlich nieder auf die Streu.

Konnt nicht schlafen. Blinzelnd schaut ich
Nach der Hex, die am Kamin saß
Und den Oberleib des Sohnes,
den sie ebenfalls entkleidet,

Auf dem Schoß hielt. Ihr zur Seite,
Aufrecht, stand der dicke Mops,
Und in seinen Vorderpfoten
Hielt er sehr geschickt ein Töpfchen.

Aus dem Töpfchen nahm Uraka
Rotes Fett, bestrich damit
Ihres Sohnes Brust und Rippen,
Rieb sie hastig, zitternd hastig.

Und derweil sie rieb und salbte,
Summte sie ein Wiegenliedchen,
Näselnd fein; dazwischen seltsam
Knisterten des Herdes Flammen.

Wie ein Leichnam, gelb und knöchern,
Lag der Sohn im Schoß der Mutter;
Todestraurig, weit geöffnet
Starren seine bleichen Augen.

Ist er wirklich ein Verstorbner,
Dem die Mutterliebe nächtlich
Mit der stärksten Hexensalbe
Ein verzaubert Leben einreibt? –

Wunderlicher Fieberhalbschlaf!
Wo die Glieder bleiern müde
Wie gebunden, und die Sinne
Überreizt und gräßlich wach!

Wie der Kräuterduft im Zimmer
Mich gepeinigt! Schmerzlich grübelnd
Sann ich nach, wo ich dergleichen
Schon gerochen? Sann vergebens.

Wie der Windzug im Kamine
Mich geängstigt! Klang wie Ächzen
Von getrocknet armen Seelen –
Schienen wohlbekannte Stimmen.

Doch zumeist ward ich gequält
Von den ausgestopften Vögeln,
Die, auf einem Brett, zu Häupten
Neben meinem Lager standen.

Langsam schauerlich bewegten
Sie die Flügel, und sie beugten
Sich zu mir herab mit langen
Schnäbeln, die wie Menschennasen.

Ach! wo hab ich solche Nasen
Schon gesehn? War es zu Hamburg
Oder Frankfurt, in der Gasse?
Qualvoll dämmernd die Erinnrung!

Endlich übermannte gänzlich
Mich der Schlaf, und an die Stelle
Wachender Phantasmen trat
Ein gesunder, fester Traum.

Und mir träumte, daß die Hütte
Plötzlich ward zu einem Ballsaal,
Der von Säulen hochgetragen
Und erhellt von Girandolen.

Unsichtbare Musikanten
Spielten aus Robert-le-Diable
Die verruchten Nonnentänze;
Ging dort ganz allein spazieren.

Endlich aber öffnen sich
Weit die Pforten, und es kommen,
Langsam feierlichen Schrittes,
Gar verwunderliche Gäste.

Lauter Bären und Gespenster!
Aufrecht wandelnd, führt ein jeder
Von den Bären ein Gespenst,
Das vermummt im weißen Grabtuch.

Solcherweis gepaart, begannen
Sie zu walzen, auf und nieder,
Durch den Saal. Kurioser Anblick!
Zum Erschrecken und zum Lachen!

Denn den plumpen Bären ward es
Herzlich sauer Schritt zu halten
Mit den weißen Luftgebilden,
Die sich wirbelnd leicht bewegten.

Unerbittlich fortgerissen
Wurden jene armen Bestien,
Und ihr Schnaufen überdröhnte
Fast den Brummbaß des Orchesters.

Manchmal walzten sich die Paare
Auf den Leib, und dem Gespenste,
Das ihn anstieß, gab der Bär
Einge Tritte in den Hintern.

Manchmal auch, im Tanzgetümmel,
Riß der Bär das Leichenlaken
Von dem Haupt des Tanzgenossen;
Kam ein Totenkopf zum Vorschein.

Endlich aber jauchzten schmetternd
Die Trompeten und die Zimbeln,
Und es donnerten die Pauken,
Und es kam die Galoppade.

Diese träumt ich nicht zu Ende –
Denn ein ungeschlachter Bär
Trat mir auf die Hühneraugen,
Daß ich aufschrie und erwachte.

Caput XXII

Phöbus, in der Sonnendroschke,
Peitschte seine Flammenrosse
Und er hatte schon zur Hälfte
Seine Himmelsfahrt vollendet –

Während ich im Schlafe lag
Und von Bären und Gespenstern,
Die sich wunderlich umschlangen,
Tolle Arabesken! träumte.

Mittag wars, als ich erwachte,
Und ich fand mich ganz allein.
Meine Wirtin und Laskaro
Gingen auf die Jagd schon frühe.

In der Hütte blieb zurück
Nur der Mops. Am Feuerherde
Stand er aufrecht vor dem Kessel,
In den Pfoten einen Löffel.

Schien vortrefflich abgerichtet,
Wenn die Suppe überkochte,
Schnell darin herumzurühren
Und die Blasen abzuschäumen.

Aber bin ich selbst behext?
Oder lodert mir im Kopfe
Noch das Fieber? Meinen Ohren
Glaub ich kaum - es spricht der Mops!

Ja, er spricht, und zwar gemütlich
Schwäbisch ist die Mundart; träumend,
Wie verloren in Gedanken,
Spricht er folgendergestalt:

»O, ich armer Schwabendichter!
In der Fremde muß ich traurig
Als verwünschter Mops verschmachten
Und den Hexenkessel hüten!

Welch ein schändliches Verbrechen
Ist die Zauberei! Wie tragisch
Ist mein Schicksal: menschlich fühlen
In der Hülle eines Hundes!

Wär ich doch daheim geblieben,
Bei den trauten Schulgenossen!
Das sind keine Hexenmeister,
Sie bezaubern keinen Menschen.

Wär ich doch daheim geblieben,
Bei Karl Mayer, bei den süßen
Gelbveiglein des Vaterlandes,
Bei den frommen Metzelsuppen!

Heute sterb ich fast vor Heimweh –
Sehen möcht ich nur den Rauch,
Der emporsteigt aus dem Schornstein,
Wenn man Nudeln kocht in Stukkert!«

Als ich dies vernahm, ergriff mich
Tiefe Rührung; von dem Lager
Sprang ich auf, an das Kamin
Setzt ich mich, und sprach mitleidig:

»Edler Sänger, wie gerietest
Du in diese Hexenhütte?
Und warum hat man so grausam
Dich in einen Hund verwandelt?«

Jener aber rief mit Freude:
»Also sind Sie kein Franzose?
Sind ein Deutscher und verstanden
Meinen stillen Monolog?

Ach, Herr Landsmann, welch ein Unglück,
Daß der Legationsrat Kölle,
Wenn wir bei Tabak und Bier
In der Kneipe diskurierten,

Immer auf den Satz zurückkam,
Man erwürbe nur durch Reisen
Jene Bildung, die er selber
Aus der Fremde mitgebracht!

Um mir nun die rohe Kruste
Von den Beinen abzulaufen
Und, wie Kölle, mir die feinern
Weltmannssitten anzuschleifen:

Nahm ich Abschied von der Heimat,
Und auf meiner Bildungsreise
Kam ich nach den Pyrenäen,
Nach der Hütte der Uraka.

Bracht ihr ein Empfehlungsschreiben
Vom Justinus Kerner; dachte
Nicht daran, das dieser Freund
In Verbindung steht mit Hexen.

Freundlich nahm mich auf Uraka,
Doch es wuchs, zu meinem Schrecken,
Diese Freundlichkeit, ausartend
Endlich gar in Sinnenbrunst.

Ja, es flackerte die Unzucht
Scheußlich auf im welken Busen
Dieser lasterhaften Vettel,
Und sie wollte mich verführen.

Doch ich flehte: Ach, entschuldgen
Sie, Madam! bin kein frivoler
Goetheaner, ich gehöre
Zu der Dichterschule Schwabens.

Sittlichkeit ist unsre Muse,
Und sie trägt vom dicksten Leder
Unterhosen - ach! vergreifen
Sie sich nicht an meiner Tugend!

Andre Dichter haben Geist,
Andre Phantasie, und andre
Leidenschaft, jedoch die Tugend
Haben wir, die Schwabendichter.

Das ist unser einzges Gut!
Rauben Sie mir nicht den sittlich
Religiösen Bettelmantel,
Welcher meine Blöße deckt!

Also sprach ich, doch ironisch
Lächelte das Weib, und lächelnd
Nahm sie eine Mistelgerte
Und berührt damit mein Haupt.

Ich empfand alsbald ein kaltes
Mißgefühl, als überzöge
Eine Gänsehaut die Glieder.
Doch die Haut von einer Gans

War es nicht, es war vielmehr
Eines Hundes Fell - seit jener
Unheilstund bin ich verwandelt,
Wie Sie sehn, in einen Mops!«

Armer Schelm! Vor lauter Schluchzen
Konnte er nicht weiter sprechen,
Und er weinte so beträglich,
Daß er fast zerfloß in Tränen.

»Hören Sie«, sprach ich mit Wehmut,
»Kann ich etwa von dem Hundsfell
Sie befrein und Sie der Dichtkunst
Und der Menschheit wiedergeben?«

Jener aber hub wie trostlos
Und verzweiflungsvoll die Pfoten
In die Höhe, und mit Seufzen
Und mit Stöhnen sprach er endlich:

»Bis zum jüngsten Tage bleib ich
Eingekerkert in der Mopshaut,
Wenn nicht einer Jungfrau Großmut
Mich erlöst aus der Verwünschung.

Ja, nur eine reine Jungfrau,
Die noch keinen Mann berührt hat
Und die folgende Bedingung
Treu erfüllt, kann mich erlösen:

Die reine Jungfrau muß
In der Nacht von Sankt-Silvester
Die Gedichte Gustav Pfizers
Lesen - ohne einzuschlafen!

Blieb sie wach bei der Lektüre,
Schloß sie nicht die keuschen Augen -
Dann bin ich entzaubert, menschlich
Atm ich auf, ich bin entmopst!«

»Ach, in diesem Falle« - sprach ich -
»Kann ich selbst nicht unternehmen
Das Erlösungswerk; denn erstens
Bin ich keine reine Jungfrau,

Und im Stande wär ich zweitens
Noch viel wenger, die Gedichte
Gustav Pfizers je zu lesen,
Ohne dabei einzuschlafen.«

Caput XXIII

Aus dem Spuk der Hexenwirtschaft
Steigen wir ins Tal herunter;
Unsre Füße fassen wieder
Boden in dem Positiven.

Fort, Gespenster! Nachtgesichte!
Luftgebilde! Fieberträume!
Wir beschäftgen uns vernünftig
Wieder mit dem Atta Troll.

In der Höhle, bei den Jungen,
Liegt der Alte, und er schläft
Mit dem Schnarchen des Gerechten;
Endlich wacht er gähnend auf.

Neben ihm hockt Junker Einohr,
Und er kratzt sich an dem Kopfe
Wie ein Dichter, der den Reim sucht;
Auch skandiert er an den Tatzen.

Gleichfalls an des Vaters Seite
Liegen träumend auf dem Rücken,
Unschuldrein, vierfüßge Liljen,
Atta Trolls geliebte Töchter.

Welche zärtliche Gedanken
Schmachten in der Blütenseele
Dieser weißen Bärenjungfraun?
Tränenfeucht sind ihre Blicke.

Ganz besonders scheint die Jüngste
Tiefbewegt. In ihrem Herzen
Fühlt sie schon ein selges Jucken,
Ahnet sie die Macht Cupidos.

Ja, der Pfeil des kleinen Gottes
Ist ihr durch den Pelz gedrungen,
Als sie Ihn erblickt – O Himmel,
Den sie liebt, der ist ein Mensch!

Ist ein Mensch und heißt Schnapphahnski.
Auf der großen Retirade
Kam er ihr vorbeigelaufen
Eines Morgens im Gebirge.

Heldenunglück rührt die Weiber,
Und im Antlitz unsres Helden
Lag, wie immer, der Finanznot
Blasse Wehmut, düstre Sorge.

Seine ganze Kriegeskasse,
Zweiundzwanzig Silbergroschen,
Die er mitgebracht nach Spanien,
Ward die Beute Esparteros.

Nicht einmal die Uhr gerettet!
Blieb zurück zu Pampeluna
In dem Leihhaus. War ein Erbstück,
Kostbar und von echtem Silber.

Und er lief mit langen Beinen.
Aber, unbewußt, im Laufen,
Hat er Besseres gewonnen
Als die beste Schlacht - ein Herz!

Ja, sie liebt ihn, ihn, den Erbfeind!
O, der unglückselgen Bärin!
Wüßt der Vater das Geheimnis,
Ganz entsetzlich würd er brummen.

Gleich dem alten Odoardo,
Der mit Bürgerstolz erdolchte
Die Emilia Galotti,
Würde auch der Atta Troll

Seine Tochter lieber töten,
Töten mit den eignen Tatzen,
Als erlauben, daß sie sänke
In die Arme eines Prinzen!

Doch in diesem Augenblicke
Ist er weich gestimmt, hat keine
Lust zu brechen eine Rose,
Eh der Sturmwind sie entblättert.

Weich gestimmt, liegt Atta Troll
In der Höhle bei den Seinen.
Ihn beschleicht, wie Todesahnung,
Trübe Sehnsucht nach dem Jenseits!

»Kinder!« - seufzt er, und es triefen
Plötzlich seine großen Augen -
»Kinder! meine Erdenwallfahrt
Ist vollbracht, wir müssen scheiden.

Heute mittag kam im Schlafe
Mir ein Traum, der sehr bedeutsam.
Mein Gemüt genoß das süße
Vorgefühl des baldgen Sterbens.

Bin fürwahr nicht abergläubisch,
Bin kein Faselbär - doch gibt es
Dinge zwischen Erd und Himmel,
Die dem Denker unerklärlich.

Uber Welt und Schicksal grübelnd,
War ich gähnend eingeschlafen,
Als mir träumte, daß ich läge
Unter einem großen Baume.

Aus den Ästen dieses Baumes
Troff herunter weißer Honig,
Glitt mir just ins offne Maul,
Und ich fühlte süße Wonne.

Selig blinzelnd in die Höhe,
Sah ich in des Baumes Wipfel
Etwa sieben kleine Bärchen,
Die dort auf und nieder rutschten.

Zarte, zierliche Geschöpfe,
Deren Pelz von rosenroter
Farbe war und an den Schultern
Seidig flockte wie zwei Flüglein.

Ja, wie seidne Flüglein hatten
Diese rosenroten Bärchen,
Und mit überirdisch feinen
Flötenstimmen sangen sie!

Wie sie sangen, wurde eiskalt
Meine Haut, doch aus der Haut fuhr
Mir die Seel, gleich einer Flamme;
Strahlend stieg sie in den Himmel.«

Also sprach mit bebend weichem
Grunzton Atta Troll. Er schwieg
Eine Weile, wehmutsvoll –
Aber seine Ohren plötzlich

Spitzten sich und zuckten seltsam,
Und empor vom Lager sprang er,
Freudezitternd, freudebrüllend:
»Kinder, hört Ihr diese Laute?«

Ist das nicht die süße Stimme
Eurer Mutter? O, ich kenne
Das Gebrumme meiner Mumma!
Mumma! meine schwarze Mumma!«

Atta Troll mit diesen Worten
Stürzte wie 'n Verrückter fort
Aus der Höhle, ins Verderben!
Ach! er stürzte in sein Unglück!

Caput XXIV

In dem Tal von Ronceval,
Auf demselben Platz, wo weiland
Des Caroli Magni Neffe
Seine Seele ausgeröchelt,

Dorten fiel auch Atta Troll,
Fiel durch Hinterhalt, wie jener,
Den der ritterliche Judas,
Ganelon von Mainz, verraten.

Ach! das Edelste im Bären,
Das Gefühl der Gattenliebe,
Ward ein Fallstrick, den Uraka
Listig zu benutzen wußte.

Das Gebrumm der schwarzen Mumma
Hat sie nachgeäfft, so täuschend,
Daß der Atta Troll gelockt ward
Aus der sichern Bärenhöhle -

Wie auf Sehnsuchtsflügeln lief er
Durch das Tal, stand zärtlich schnopernd
Manchmal still vor einem Felsen,
Glaubt, die Mumma sei versteckt dort -

Ach! versteckt war dort Laskaro
Mit der Flinte; dieser schoß ihn
Mitten durch das frohe Herz -
Quoll hervor ein roter Blutstrom.

Mit dem Kopfe wackelt' er
Eingemal, doch endlich stürzt' er
Stöhnend nieder, zuckte gräßlich -
»Mumma!« war sein letzter Seufzer.

Also fiel der edle Held.
Also starb er. Doch unsterblich
Nach dem Tode auferstehn
Wird er in dem Lied des Dichters.

Auferstehn wird er im Liede,
Und sein Ruhm wird kolossal
Auf vierfüßigen Trochäen
Uber diese Erde stelzen.

Der ****** setzt ihm
In Walhalla einst ein Denkmal,
Und darauf, im ******
Lapidarstil, auch die Inschrift:

»Atta Troll, Tendenzbär; sittlich
Religiös; als Gatte brünstig;
Durch Verführtsein von dem Zeitgeist,
Waldursprünglich Sanskülotte;

Sehr schlecht tanzend, doch Gesinnung
Tragend in der zottgen Hochbrust;
Manchmal auch gestunken habend;
Kein Talent, doch ein Charakter!«

Caput XXV

Dreiunddreißig alte Weiber,
Auf dem Haupt die scharlachrote
Altbaskesische Kapuze,
Standen an des Dorfes Eingang.

Eine drunter, wie Debora,
Schlug das Tamburin und tanzte,
Und sie sang dabei ein Loblied
Auf Laskaro Bärentöter.

Vier gewaltge Männer trugen
Im Triumph den toten Bären;
Aufrecht saß er in dem Sessel,
Wie ein kranker Badegast.

Hinterdrein, wie Anverwandte
Des Verstorbnen, ging Laskaro
Mit Uraka; diese grüßte
Rechts und links, doch sehr verlegen.

Der Adjunkt des Maires hielt
Eine Rede vor dem Rathaus,
Als der Zug dorthin gelangte,
Und er sprach von vielen Dingen –

Wie zum Beispiel von dem Aufschwung
Der Marine, von der Presse,
Von der Runkelrübenfrage,
Von der Hyder der Parteisucht.

Die Verdienste Ludwig Philipps
Reichlich auseinandersetzend,
Ging er über zu dem Bären
Und der Großtat des Laskaro.

»Du, Laskaro!« – rief der Redner,
Und er wischte sich den Schweiß ab
Mit der trikoloren Schärpe –
»Du, Laskaro! du, Laskaro!

Der du Frankreich und Hispanien
Von dem Atta Troll befreit hast,
Du bist beider Länder Held,
Pyrenäen-Lafayette!«

Als Laskaro solchermaßen
Offiziell sich rühmen hörte,
Lachte er vergnügt im Barte
Und errötete vor Freude,

Und in abgebrochnen Lauten,
Die sich seltsam überstürzten,
Hat er seinen Dank gestottert
Für die große, große Ehre!

Mit Verwundrung blickte jeder
Auf das unerhörte Schauspiel,
Und geheimnisvoll und ängstlich
Murmelten die alten Weiber:

Der Laskaro hat gelacht!
Der Laskaro hat errötet!
Der Laskaro hat gesprochen!
Er, der tote Sohn der Hexe! –

Selbgen Tags ward ausgebälgt
Atta Troll und ward versteigert
Seine Haut. Für hundert Franken
hat ein Kirschner sie erstanden.

Wunderschön staffierte dieser
Und verbrämte sie mit Scharlach,
Und verhandelte sie weiter
Für das Doppelte des Preises.

Erst aus dritter Hand bekam sie
Juliette, und in ihrem
Schlafgemache zu Paris
Liegt sie vor dem Bett als Fußdeck.

O, wie oft, mit bloßen Füßen,
Stand ich nachts auf dieser irdisch
Braunen Hülle meines Helden,
Auf der Haut des Atta Troll!

Und von Wehmut tief ergriffen,
Dacht ich dann an Schillers Worte:
Was im Lied soll ewig leben,
Muß im Leben untergehn!

Caput XXVI

Und die Mumma? Ach, die Mumma
Ist ein Weib! Gebrechlichkeit
Ist ihr Name! Ach, die Weiber
Sind wie Porzellan gebrechlich.

Als des Schicksals Hand sie trennte
Von dem glorreich edlen Gatten,
Starb sie nicht des Kummertodes,
Ging sie nicht in Trübsinn unter -

Nein, im Gegenteil, sie setzte
Lustig fort ihr Leben, tanzte
Nach wie vor, beim Publiko
Buhlend um den Tagesbeifall.

Eine feste Stellung, eine
Lebenslängliche Versorgung,
Hat sie endlich zu Paris
Im Jardin-des-Plantes gefunden.

Als ich dorten vorgen Sonntag
Mich erging mit Julietten,
Und ihr die Natur erklärte,
Die Gewächse und die Bestien,

Die Giraffe und die Zeder
Von dem Libanon, das große
Dromedar, die Goldfasanen,
Auch das Zebra - im Gespräche

Blieben wir am Ende stehen
An der Brüstung jener Grube,
Wo die Bären residieren -
Heilger Herr, was sahn wir dort!

Ein gewaltger Wüstenbär
Aus Sibirien, schneeweißhaarigt,
Spielte dort ein überzartes
Liebesspiel mit einer Bärin.

Diese aber war die Mumma!
War die Gattin Atta Trolls!
Ich erkannte sie am zärtlich
Feuchten Glanze ihres Auges.

Ja, sie war es! Sie, des Südens
Schwarze Tochter! Sie, die Mumma,
Lebt mit einem Russen jetzt,
Einem nordischen Barbaren!

Schmunzelnd sprach zu mir ein Neger,
Der zu uns herangetreten:
»Gibt es wohl ein schönres Schauspiel
Als zwei Liebende zu sehen?«

Ich entgegnete: Mit wem
Hab ich hier die Ehr zu sprechen?
Jener aber rief verwundert:
»Kennen Sie mich gar nicht wieder?

Ich bin ja der Mohrenfürst,
Der bei Freiligrath getrommelt.
Damals gings mir schlecht, in Deutschland
Fand ich mich sehr isoliert.

Aber hier, wo ich als Wärter
Angestellt, wo ich die Pflanzen
Meines Tropenvaterlandes
Und auch Löw und Tiger finde:

Hier ist mir gemütlich wohler,
Als bei Euch auf deutschen Messen,
Wo ich täglich trommeln mußte
Und so schlecht gefüttert wurde!

Hab mich jüngst vermählt mit einer
Blonden Köchin aus dem Elsaß.
Ganz und gar in ihren Armen,
Wird mir heimatlich zu Mute!

Ihre Füße mahnen mich
An die holden Elefanten.
Wenn sie spricht französisch, klingt mirs
Wie die schwarze Muttersprache.

Manchmal keift sie, und ich denke
An das Rasseln jener Trommel,
Die mit Schädeln war behangen;
Schlang und Leu entflohn davor.

Doch im Mondschein, sehr empfindsam
Weint sie wie ein Krokodil,
Das aus lauem Strom hervorblickt,
Um die Kühle zu genießen.

Und sie gibt mir gute Bissen!
Ich gedeih! Mit meinem alten,
Afrikanischem Apptit,
Wie am Niger, freß ich wieder!

Hab mir schon ein rundes Bäuchlein
Angemästet. Aus dem Hemde
Schauts hervor, wie 'n schwarzer Mond,
Der aus weißen Wolken tritt.«

Caput XXVII

(An August Varnhagen von Ense)

Wo des Himmels, Meister Ludwig,
Habt Ihr all das tolle Zeug
Aufgegabelt? Diese Worte
Rief der Kardinal von Este,

Als er das Gedicht gelesen
Von des Rolands Rasereien,
Das Ariosto untertänig
Seiner Eminenz gewidmet.

Ja, Varnhagen, alter Freund,
Ja, ich seh um deine Lippen
Fast dieselben Worte schweben,
Mit demselben feinen Lächeln.

Manchmal lachst du gar im Lesen!
Doch mitunter mag sich ernsthaft
Deine hohe Stirne furchen,
Und Erinnrung überschleicht dich: –

»Klang das nicht wie Jugendträume,
Die ich träumte mit Chamisso
Und Brentano und Fouqué,
In den blauen Mondscheinnächten?

Ist das nicht das fromme Läuten
Der verlornen Waldkapelle?
Klingelt schalkhaft nicht dazwischen
Die bekannte Schellenkappe?

In die Nachtigallenchöre
Bricht herein der Bärenbrummbaß,
Dumpf und grollend, dieser wechselt
Wieder ab mit Geisterlispeln!

Wahnsinn, der sich klug gebärdet!
Weisheit, welche überschnappt!
Sterbeseufzer, welche plötzlich
Sich verwandeln in Gelächter! ...«

Ja, mein Freund, es sind die Klänge
Aus der längst verschollnen Traumzeit;
Nur daß oft moderne Triller
Gaukeln durch den alten Grundton.

Trotz des Übermutes wirst du
Hie und dort Verzagnis spüren –
Deiner wohlerprobten Milde
Sei empfohlen dies Gedicht!

Ach, es ist vielleicht das letzte
Freie Waldlied der Romantik!
In des Tages Brand- und Schlachtlärm
Wird es kümmerlich verhallen.

Andre Zeiten, andre Vögel!
Andre Vögel, andre Lieder!
Welch ein Schnattern, wie von Gänsen,
Die das Kapitol gerettet!

Welch ein Zwitschern! Das sind Spatzen,
Pfennigslichtchen in den Krallen;
Sie gebärden sich wie Jovis
Adler mit dem Donnerkeil!

Welch ein Gurren! Turteltauben,
Liebesatt, sie wollen hassen,
Und hinfüro, statt der Venus,
Nur Bellonas Wagen ziehen!

Welch ein Sumsen, welterschütternd!
Das sind ja des Völkerfrühlings
Kolossale Maienkäfer,
Von Berserkerwut ergriffen!

Andre Zeiten, andre Vögel!
Andre Vögel, andre Lieder!
Sie gefielen mir vielleicht,
Wenn ich andre Ohren hätte!

Deutschland

Ein Wintermärchen

Geschrieben im Januar 1844

Vorrede

Das nachstehende Gedicht schrieb ich im diesjährigen Monat Januar zu Paris, und die freie Luft des Ortes wehete in manche Strophe weit schärfer hinein, als mir eigentlich lieb war. Ich unterließ nicht, schon gleich zu mildern und auszuscheiden, was mit dem deutschen Klima unverträglich schien. Nichtsdestoweniger, als ich das Manuskript im Monat März an meinen Verleger nach Hamburg schickte, wurden mir noch mannigfache Bedenklichkeiten in Erwägung gestellt. Ich mußte mich dem fatalen Geschäfte des Umarbeitens nochmals unterziehen, und da mag es wohl geschehen sein, daß die ernsten Töne mehr als nötig abgedämpft oder von den Schellen des Humors gar zu heiter überklingelt wurden. Einigen nackten Gedanken habe ich im hastigen Unmut ihre Feigenblätter wieder abgerissen, und zimperlich spröde Ohren habe ich vielleicht verletzt. Es ist mir leid, aber ich tröste mich mit dem Bewußtsein, daß größere Autoren sich ähnliche Vergehen zu Schulden kommen ließen. Des Aristophanes will ich zu solcher Beschönigung gar nicht erwähnen, denn der war ein blinder Heide, und sein Publikum zu Athen hatte zwar eine klassische Erziehung genossen, wußte aber wenig von Sittlichkeit. Auf Cervantes und Molière könnte ich mich schon viel besser berufen; und ersterer schrieb für den hohen Adel beider Kastilien, letzterer für den großen König und den großen Hof von Versailles! Ach, ich vergesse, daß wir in einer sehr bürgerlichen Zeit leben, und ich sehe leider voraus, daß viele Töchter gebildeter Stände an der Spree, wo nicht gar an der Alster, über mein armes Gedicht die mehr oder minder gebogenen Näschen rümpfen werden! Was ich aber mit noch größerem Leidwesen voraussehe, das ist das Zeter jener Pharisäer der Nationalität, die jetzt mit den Antipathien der Regierungen Hand in Hand gehen, auch die volle Liebe und Hochachtung der Zensur genießen und in der Tagespresse den Ton angeben können, wo es gilt, jene Gegner zu befehden, die auch zugleich die Gegner ihrer allerhöchsten Herrschaften sind. Wir sind im Herzen gewappnet gegen das Mißfallen dieser heldenmütigen Lakaien in schwarz-rot-goldner Livree. Ich höre schon ihre Bierstimmen: du lästerst sogar unsere Farben, Verächter des Vaterlands, Freund der Franzosen, denen du den freien Rhein abtreten willst! Beruhigt Euch. Ich werde Eure Farben achten und ehren, wenn sie es verdienen, wenn sie nicht mehr eine müßige oder knechtische Spielerei sind. Pflanzt die schwarz-rot-goldne Fahne auf die Höhe des deutschen Gedankens, macht sie zur Standarte des freien Menschtums, und ich will mein bestes Herzblut für sie hingeben. Beruhigt Euch, ich liebe das Vaterland ebenso sehr, wie Ihr. Wegen dieser Liebe habe ich dreizehn Lebensjahre im Exile verlebt, und wegen eben dieser Liebe kehre ich wieder zurück ins Exil, vielleicht für immer, jedenfalls ohne zu flennen oder eine schiefmäulige Duldergrimasse zu schneiden. Ich bin der Freund der Franzosen, wie ich der Freund aller Menschen bin, wenn sie vernünftig und gut sind, und weil ich selber nicht so dumm oder so schlecht bin, als daß ich wünschen sollte, daß meine Deutschen und die Franzosen, die beiden auserwählten Völker der Humanität, sich die Hälse brächen zum Besten von England und Rußland und zur Schadenfreude aller Junker und Pfaffen dieses Erdballs. Seid ruhig, ich werde den Rhein nimmermehr den Franzosen abtreten, schon aus dem ganz einfachen Grunde: weil mir der Rhein gehört. Ja, mir gehört er, durch unveräußerliches Geburtsrecht, ich bin des freien Rheins noch weit freierer Sohn, an seinem Ufer stand meine Wiege, und ich sehe gar nicht ein, warum der Rhein irgendeinem Andern gehören soll als den Landeskindern. Elsaß und Lothringen kann ich freilich dem deutschen Reiche nicht so leicht einverleiben, wie Ihr es tut, denn die Leute in jenen Landen hängen fest an Frankreich wegen der Rechte, die sie durch die französische Staatsumwälzung gewonnen, wegen jener Gleichheitsgesetze und freien Institutionen, die dem bürgerlichen Gemüte sehr angenehm sind, aber dem Magen der großen Menge dennoch Vieles zu wünschen übrig lassen. Indessen, die Elsasser und Lothringer werden sich wieder an Deutschland anschließen, wenn wir das vollenden, was die Franzosen begonnen haben, wenn wir diese überflügeln in der Tat, wie wir es schon getan im Gedanken, wenn wir uns bis zu den letzten Folgerungen desselben emporschwingen, wenn wir die Dienstbarkeit bis in ihrem letzten Schlupfwinkel, dem Himmel, zerstören, wenn wir den Gott, der auf Erden im Menschen wohnt, aus seiner Erniedrigung retten, wenn wir die Erlöser Gottes werden, wenn wir das arme, glückenterbte Volk und den verhöhnten Genius und die geschändete Schönheit wieder in ihre Würde einsetzen, wie unsere großen Meister gesagt und gesungen, und wie wir es wollen, wir, die Jünger – ja, nicht bloß Elsaß und Lothringen, sondern ganz Frankreich wird uns alsdann zufallen, ganz Europa, die ganze Welt – die ganze Welt wird deutsch werden! Von dieser Sendung und Universalherrschaft Deutschlands träume ich oft, wenn ich unter Eichen wandle. Das ist *mein* Patriotismus.

Ich werde in einem nächsten Buche auf dieses Thema zurückkommen, mit letzter Entschlossenheit, mit strenger Rücksichtslosigkeit, jedenfalls mit Loyalität. Den entschiedensten Widerspruch werde ich zu achten wissen, wenn er aus einer Überzeugung hervorgeht. Selbst der rohesten Feindseligkeit will ich alsdann geduldig verzeihen; ich will sogar der Dummheit Rede stehen, wenn sie nur ehrlich gemeint ist. Meine ganze schweigende Verachtung widme ich hingegen dem gesinnungslosen Wichte, der aus leidiger Scheelsucht oder unsauberer Privatgiftigkeit meinen guten Leumund in der öffentlichen Meinung herabzuwürdigen sucht, und dabei die Maske des Patriotismus, wo nicht gar die der Religion und der Moral, benutzt. Der anarchische Zustand der deutschen politischen und literarischen Zeitungsblätterwelt ward in solcher Beziehung zuweilen mit einem Talente ausgebeutet, das ich schier bewundern mußte. Wahrhaftig, Schufterle ist nicht tot, er lebt noch immer und steht seit Jahren an der Spitze einer wohlorganisierten Bande von literarischen Strauchdieben, die in den böhmischen Wäldern unserer Tagespresse ihr Wesen treiben, hinter jedem Busch, hinter jedem Blatt versteckt liegen und dem leisesten Pfiff ihres würdigen Hauptmanns gehorchen.

Noch ein Wort. Das Wintermärchen bildet den Schluß der »Neuen Gedichte«, die in diesem Augenblick bei Hoffmann und Campe erscheinen. Um den Einzeldruck veranstalten zu können, mußte mein Verleger das Gedicht den überwachenden Behörden zu besonderer Sorgfalt überliefern, und neue Varianten und Ausmerzungen sind das Ergebnis dieser höheren Kritik. –

Hamburg, den 17. September 1844.

Heinrich Heine

Caput I

Im traurigen Monat November wars,
die Tage wurden trüber,
Der Wind riß von den Bäumen das Laub,
Da reist ich nach Deutschland hinüber.

Und als ich an die Grenze kam,
Da fühlt ich ein stärkeres Klopfen
In meiner Brust, ich glaube sogar
Die Augen begunnen zu tropfen.

Und als ich die deutsche Sprache vernahm,
Da ward mir seltsam zu Mute;
Ich meinte nicht anders, als ob das Herz
Recht angenehm verblute.

Ein kleines Harfenmädchen sang.
Sie sang mit wahrem Gefühle
Und falscher Stimme, doch ward ich sehr
Gerühret von ihrem Spiele.

Sie sang von Liebe und Liebesgram,
Aufopfrung und Wiederfinden
Dort oben, in jener besseren Welt,
Wo alle Leiden schwinden.

Sie sang vom irdischen Jammertal,
Von Freuden, die bald zerronnen,
Vom Jenseits, wo die Seele schwelgt
Verklärt in ewgen Wonnen.

Sie sang das alte Entsagungslied,
Das Eiapopeia vom Himmel,
Womit man einlullt, wenn es greint,
Das Volk, den großen Lümmel.

Ich kenne die Weise, ich kenne den Text,
Ich kenn auch die Herren Verfasser;
Ich weiß, sie tranken heimlich Wein
Und predigten öffentlich Wasser.

Ein neues Lied, ein besseres Lied,
O Freunde, will ich Euch dichten!
Wir wollen hier auf Erden schon
Das Himmelreich errichten.

Wir wollen auf Erden glücklich sein,
Und wollen nicht mehr darben;
Verschlemmen soll nicht der faule Bauch
Was fleißige Hände erwarben.

Es wächst hienieden Brot genug
Für alle Menschenkinder,
Auch Rosen und Myrten, Schönheit und Lust,
Und Zuckererbsen nicht minder.

Ja, Zuckererbsen für jedermann,
Sobald die Schoten platzen!
Den Himmel überlassen wir
Den Engeln und den Spatzen.

Und wachsen uns Flügel nach dem Tod,
So wollen wir Euch besuchen
Dort oben, und wir, wir essen mit Euch
Die seligsten Torten und Kuchen.

Ein neues Lied, ein besseres Lied,
Es klingt wie Flöten und Geigen!
Das Miserere ist vorbei,
Die Sterbeglocken schweigen.

Die Jungfer Europa ist verlobt
Mit dem schönen Geniusse
Der Freiheit, sie liegen einander im Arm,
Sie schwelgen im ersten Kusse.

Und fehlt der Pfaffensegen dabei,
Die Ehe wird gültig nicht minder –
Es lebe Bräutigam und Braut,
Und ihre zukünftigen Kinder!

Ein Hochzeitcarmen ist mein Lied,
Das bessere, das neue!
In meiner Seele gehen auf
Die Sterne der höchsten Weihe -

Begeisterte Sterne, sie lodern wild,
Zerfließen in Flammenbächen -
Ich fühle mich wunderbar erstarkt,
Ich könnte Eichen zerbrechen!

Seit ich auf deutsche Erde trat,
Durchströmen mich Zaubersäfte -
Der Riese hat wieder die Mutter berührt,
Und es wuchsen ihm neu die Kräfte.

Caput II

Während die Kleine von Himmelslust
Getrillert und musizieret,
Ward von den preußischen Douaniers
Mein Koffer visitieret.

Beschnüffelten Alles, kramten herum
In Hemden, Hosen, Schnupftüchern;
Sie suchten nach Spitzen, nach Bijouterien,
Auch nach verbotenen Büchern.

Ihr Toren, die Ihr im Koffer sucht!
Hier werdet Ihr nichts entdecken!
Die Contrebande, die mit mir reist,
Die hab ich im Kopfe stecken.

Hier hab ich Spitzen, die feiner sind
Als die von Brüssel und Mecheln,
Und pack ich einst meine Spitzen aus,
Sie werden euch sticheln und hecheln.

Im Kopfe trage ich Bijouterien,
Der Zukunft Krondiamanten,
Die Tempelkleinodien des neuen Gotts,
Des großen Unbekannten.

Und viele Bücher trag ich im Kopf!
Ich darf es Euch versichern,
Mein Kopf ist ein zwitscherndes Vogelnest
Von konfiszierlichen Büchern.

Glaubt mir, in Satans Bibliothek
Kann es nicht schlimmere geben;
Sie sind gefährlicher noch als die
Von Hoffmann von Fallersleben! –

Ein Passagier, der neben mir stand,
Bemerkte mir, ich hätte
Jetzt vor mir den preußischen Zollverein,
Die große Douanenkette.

»Der Zollverein« - bemerkte er -
»Wird unser Volkstum begründen,
Er wird das zersplitterte Vaterland
Zu einem Ganzen verbinden.

Er gibt die äußere Einheit uns,
Die sogenannt materielle;
Die geistige Einheit gibt uns die Zensur,
Die wahrhaft ideelle -

Sie gibt die innere Einheit uns,
Die Einheit im Denken und Sinnen;
Ein einiges Deutschland tut uns not,
Einig nach Außen und Innen.«

Caput III

Zu Aachen, im alten Dome, liegt
Carolus Magnus begraben.
(Man muß ihn nicht verwechseln mit Karl
Mayer, der lebt in Schwaben.)

Ich möchte nicht tot und begraben sein
Als Kaiser zu Aachen im Dome;
Weit lieber lebt ich als kleinster Poet
Zu Stukkert am Neckarstrome.

Zu Aachen langweilen sich auf der Straß
Die Hunde, sie flehn untertänig:
Gib uns einen Fußtritt, o Fremdling, das wird
Vielleicht uns zerstreuen ein wenig.

Ich bin in diesem langweilgen Nest
Ein Stündchen herumgeschlendert.
Sah wieder preußisches Militär,
Hat sich nicht sehr verändert.

Es sind die grauen Mäntel noch
Mit dem hohen, roten Kragen –
(Das Rot bedeutet Franzosenblut,
Sang Körner in früheren Tagen.)

Noch immer das hölzern pedantische Volk,
Noch immer ein rechter Winkel
In jeder Bewegung, und im Gesicht
Der eingefrorene Dünkel.

Sie stelzen noch immer so steif herum,
So kerzengrade geschniegelt,
Als hätten sie verschluckt den Stock,
Womit man sie einst geprügelt.

Ja, ganz verschwand die Fuchtel nie,
Sie tragen sie jetzt im Innern;
Das trauliche Du wird immer noch
An das alte Er erinnern.

Der lange Schnurrbart ist eigentlich nur
Des Zopftums neuere Phase:
Der Zopf, der damals hinten hing,
Der hängt jetzt unter der Nase.

Nicht übel gefiel mir das neue Kostüm
Der Reuter, das muß ich loben,
Besonders die Pickelhaube, den Helm,
Mit der stählernen Spitze nach oben.

Das ist so rittertümlich und mahnt
An der Vorzeit holde Romantik,
An die Burgfrau Johanna von Montfaucon
An den Freiherrn Fouqué, Uhland, Tieck.

Das mahnt an das Mittelalter so schön,
An Edelknechte und Knappen,
Die in dem Herzen getragen die Treu
Und auf dem Hintern ein Wappen.

Das mahnt an Kreuzzug und Turnei,
An Minne und frommes Dienen,
An die ungedruckte Glaubenszeit,
Wo noch keine Zeitung erschienen.

Ja, ja, der Helm gefällt mir, er zeugt
Vom allerhöchsten Witze!
Ein königlicher Einfall wars!
Es fehlt nicht die Pointe, die Spitze!

Nur fürcht ich, wenn ein Gewitter entsteht,
Zieht leicht so eine Spitze
Herab auf Euer romantisches Haupt
Des Himmels modernste Blitze! - -

Zu Aachen, auf dem Posthausschild,
Sah ich den Vogel wieder,
Der mir so tief verhaßt! Voll Gift
Schaute er auf mich nieder.

Du häßlicher Vogel, wirst du einst
Mir in die Hände fallen,
So rupfe ich dir die Federn aus
Und hacke dir ab die Krallen.

Du sollst mir dann, in luftger Höh,
Auf einer Stange sitzen,
Und ich rufe zum lustigen Schießen herbei
Die rheinischen Vogelschützen.

Wer mir den Vogel herunterschießt,
Mit Zepter und Krone belehn ich
Den wackern Mann! Wir blasen Tusch
Und rufen: es lebe der König!

Caput IV

Zu Cöllen kam ich spät abends an,
Da hörte ich rauschen den Rheinfluß,
Da fächelte mich schon deutsche Luft,
Da fühlt ich ihren Einfluß –

Auf meinen Appetit. Ich aß
Dort Eierkuchen mit Schinken,
Und da er sehr gesalzen war,
Mußt ich auch Rheinwein trinken.

Der Rheinwein glänzt noch immer wie Gold
Im grünen Römerglase,
Und trinkst du etwelche Schoppen zu viel,
So steigt er dir in die Nase.

In die Nase steigt ein Prickeln so süß,
Man kann sich vor Wonne nicht lassen!
Es trieb mich hinaus in die dämmernde Nacht,
In die widerhallenden Gassen.

Die steinernen Häuser schauten mich an,
Als wollten sie mir berichten
Legenden aus altverschollener Zeit,
Der heilgen Stadt Cöllen Geschichten.

Ja, hier hat einst die Klerisei
Ihr frommes Wesen getrieben,
Hier haben die Dunkelmänner geherrscht,
Die Ulrich von Hutten beschrieben.

Der Cancan des Mittelalters ward hier
Getanzt von Nonnen und Mönchen;
Hier schrieb Hochstraaten, der Menzel von Cöln,
Die giftgen Denunziatiönchen.

Die Flamme des Scheiterhaufens hat hier
Bücher und Menschen verschlungen;
Die Glocken wurden geläutet dabei
Und Kyrie Eleison gesungen.

Dummheit und Bosheit buhlten hier
Gleich Hunden auf freier Gasse;
Die Enkelbrut erkennt man noch heut
An ihrem Glaubenshasse. –

Doch siehe! dort im Mondenschein
Den kolossalen Gesellen!
Er ragt verteufelt schwarz empor,
Das ist der Dom von Cöllen.

Er sollte des Geistes Bastille sein,
Und die listigen Römlinge dachten:
In diesem Riesenkerker wird
Die deutsche Vernunft verschmachten!

Da kam der Luther, und er hat
Sein großes »Halt!« gesprochen –
Seit jenem Tage blieb der Bau
Des Domes unterbrochen.

Er ward nicht vollendet – und das ist gut.
Denn eben die Nichtvollendung
Macht ihn zum Denkmal von Deutschlands Kraft
Und protestantischer Sendung.

Ihr armen Schelme vom Domverein,
Ihr wollt mit schwachen Händen
Fortsetzen das unterbrochene Werk
Und die alte Zwingburg vollenden!

O törichter Wahn! Vergebens wird
Geschüttelt der Klingelbeutel,
Gebettelt bei Ketzern und Juden sogar;
Ist alles fruchtlos und eitel.

Vergebens wird der große Franz Liszt
Zum Besten des Doms musizieren,
Und ein talentvoller König wird
Vergebens deklamieren!

Er wird nicht vollendet, der Cölner Dom,
Obgleich die Narren in Schwaben
Zu seinem Fortbau ein ganzes Schiff
Voll Steine gesendet haben.

Er wird nicht vollendet, trotz allem Geschrei
Der Raben und der Eulen,
Die, altertümlich gesinnt, so gern
In hohen Kirchtürmen weilen.

Ja, kommen wird die Zeit sogar,
Wo man, statt ihn zu vollenden,
Die inneren Räume zu einem Stall
Für Pferde wird verwenden.

»Und wird der Dom ein Pferdestall,
Was sollen wir dann beginnen
Mit den heilgen drei Köngen, die da ruhn
Im Tabernakel da drinnen?«

So höre ich fragen. Doch brauchen wir uns
In unserer Zeit zu genieren?
Die heilgen drei Könge aus Morgenland,
Sie können wo anders logieren.

Folgt meinem Rat und steckt sie hinein
In jene drei Körbe von Eisen,
Die hoch zu Münster hängen am Turm,
Der Sankt Lamberti geheißen.

Der Schneiderkönig saß darin
Mit seinen beiden Räten,
Wir aber benutzen die Körbe jetzt
Für andre Majestäten.

Zur Rechten soll Herr Balthasar,
Zur Linken Herr Melchior schweben,
In der Mitte Herr Gaspar – Gott weiß, wie einst
Die Drei gehaust im Leben!

Die heilge Allianz des Morgenlands,
Die jetzt kanonisieret,
Sie hat vielleicht nicht immer schön
Und fromm sich aufgeführet.

Der Balthasar und der Melchior,
Das waren vielleicht zwei Gäuche,
Die in der Not eine Konstitution
Versprochen ihrem Reiche,

Und später nicht Wort gehalten – Es hat
Herr Gaspar, der König der Mohren,
Vielleicht mit schwarzem Undank sogar
Belohnt sein Volk, die Toren!

Caput V

Und als ich an die Rheinbrück kam,
Wohl an die Hafenschanze,
Da sah ich fließen den Vater Rhein
Im stillen Mondenglanze.

Sei mir gegrüßt, mein Vater Rhein,
Wie ist es dir ergangen?
Ich habe oft an dich gedacht
Mit Sehnsucht und Verlangen.

So sprach ich, da hört ich im Wasser tief
Gar seltsam grämliche Töne,
Wie Hüsteln eines alten Manns,
Ein Brümmeln und weiches Gestöhne:

»Willkommen, mein Junge, das ist mir lieb,
Daß du mich nicht vergessen;
Seit dreizehn Jahren sah ich dich nicht,
Mir ging es schlecht unterdessen.

Zu Biberich hab ich Steine verschluckt,
Wahrhaftig, sie schmeckten nicht lecker!
Doch schwerer liegen im Magen mir
Die Verse von Niklas Becker.

Er hat mich besungen, als ob ich noch
Die reinste Jungfer wäre,
Die sich von niemand rauben läßt
Das Kränzlein ihrer Ehre.

Wenn ich es höre, das dumme Lied,
Dann möcht ich mir zerraufen
Den weißen Bart, ich möchte fürwahr
Mich in mir selbst ersaufen!

Daß ich keine reine Jungfer bin,
Die Franzosen wissen es besser,
Sie haben mit meinem Wasser so oft
Vermischt ihr Siegergewässer.

Das dumme Lied und der dumme Kerl!
Er hat mich schmählich blamieret,
Gewissermaßen hat er mich auch
Politisch kompromittieret.

Denn kehren jetzt die Franzosen zurück,
So muß ich vor ihnen erröten,
Ich, der um ihre Rückkehr so oft
Mit Tränen zum Himmel gebeten.

Ich habe sie immer so lieb gehabt,
Die lieben kleinen Französchen –
Singen und springen sie noch wie sonst?
Tragen noch weiße Höschen?

Ich möchte sie gerne wiedersehn,
Doch fürcht ich die Persiflage,
Von wegen des verwünschten Lieds,
Von wegen der Blamage.

Der Alfred de Musset, der Gassenbub,
Der kommt an ihrer Spitze
Vielleicht als Tambour, und trommelt mir vor
All seine schlechten Witze.«

So klagte der arme Vater Rhein,
Konnt sich nicht zufrieden geben.
Ich sprach zu ihm manch tröstendes Wort,
Um ihm das Herz zu heben:

O fürchte nicht, mein Vater Rhein,
Den spöttelnden Scherz der Franzosen;
Sie sind die alten Franzosen nicht mehr,
Auch tragen sie andere Hosen.

Die Hosen sind rot und nicht mehr weiß,
Sie haben auch andere Knöpfe,
Sie singen nicht mehr, sie springen nicht mehr,
Sie senken nachdenklich die Köpfe.

Sie philosophieren und sprechen jetzt
Von Kant, von Fichte und Hegel,
Sie rauchen Tabak, sie trinken Bier,
Und manche schieben auch Kegel.

Sie werden Philister ganz wie wir
Und treiben es endlich noch ärger;
Sie sind keine Voltairianer mehr,
Sie werden Hengstenberger.

Der Alfred de Musset, das ist wahr,
Ist noch ein Gassenjunge;
Doch fürchte nichts, wir fesseln ihm
Die schändliche Spötterzunge.

Und trommelt er dir einen schlechten Witz,
So pfeifen wir ihm einen schlimmern,
Wir pfeifen ihm vor, was ihm passiert
Bei schönen Frauenzimmern.

Gib dich zufrieden, Vater Rhein,
Denk nicht an schlechte Lieder,
Ein besseres Lied vernimmst du bald –
Leb wohl, wir sehen uns wieder.

Caput VI

Den Paganini begleitete stets
Ein Spiritus Familiaris,
Manchmal als Hund, manchmal in Gestalt
Des seligen Georg Harris.

Napoleon sah einen roten Mann
Vor jedem wichtgen Ereignis.
Sokrates hatte seinen Dämon,
Das war kein Hirnerzeugnis.

Ich selbst, wenn ich am Schreibtisch saß
Des Nachts, hab ich gesehen
Zuweilen einen vermummten Gast
Unheimlich hinter mir stehen.

Unter dem Mantel hielt er etwas
Verborgen, das seltsam blinkte,
Wenn es zum Vorschein kam, und ein Beil,
Ein Richtbeil, zu sein mir dünkte.

Er schien von untersetzter Statur,
Die Augen wie zwei Sterne;
Er störte mich im Schreiben nie,
Blieb ruhig stehn in der Ferne.

Seit Jahren hatte ich nicht gesehn
Den sonderbaren Gesellen,
Da fand ich ihn plötzlich wieder hier
In der stillen Mondnacht zu Cöllen.

Ich schlenderte sinnend die Straßen entlang,
Da sah ich ihn hinter mir gehen,
Als ob er mein Schatten wäre, und stand
Ich still, so blieb er stehen.

Blieb stehen, als wartete er auf was,
Und förderte ich die Schritte,
Dann folgte er wieder. So kamen wir
Bis auf des Domplatz Mitte.

Es ward mir unleidlich, ich drehte mich um
Und sprach: Jetzt steh mir Rede,
Was folgst du mir auf Weg und Steg,
Hier in der nächtlichen Öde?

Ich treffe dich immer in der Stund,
Wo Weltgefühle sprießen
In meiner Brust und durch das Hirn
Die Geistesblitze schießen.

Du siehst mich an so stier und fest –
Steh Rede: was verhüllst du
Hier unter dem Mantel, das heimlich blinkt?
Wer bist du und was willst du?

Doch jener erwiderte trockenen Tons,
Sogar ein bißchen phlegmatisch:
»Ich bitte dich, exorziere mich nicht,
Und werde nur nicht emphatisch!

Ich bin kein Gespenst der Vergangenheit,
Kein grabentstiegener Strohwisch,
Und von Rhetorik bin ich kein Freund,
Bin auch nicht sehr philosophisch.

Ich bin von praktischer Natur,
Und immer schweigsam und ruhig.
Doch wisse: was du ersonnen im Geist,
Das führ ich aus, das tu ich.

Und gehn auch Jahre drüber hin,
Ich raste nicht, bis ich verwandle
In Wirklichkeit was du gedacht;
Du denkst, und ich, ich handle.

Du bist der Richter, der Büttel bin ich,
Und mit dem Gehorsam des Knechtes
Vollstreck ich das Urteil, das du gefällt,
Und sei es ein ungerechtes.

Dem Konsul trug man ein Beil voran,
Zu Rom, in alten Tagen.
Auch du hast deinen Liktor, doch wird
Das Beil dir nachgetragen.

Ich bin dein Liktor, und ich geh
Beständig mit dem blanken
Richtbeile hinter dir - ich bin
Die Tat von deinem Gedanken.«

Caput VII

Ich ging nach Haus und schlief, als ob
Die Engel gewiegt mich hätten.
Man ruht in deutschen Betten so weich,
Denn das sind Federbetten.

Wie sehnt ich mich oft nach der Süßigkeit
Des vaterländischen Pfühles,
Wenn ich auf harten Matratzen lag,
In der schlaflosen Nacht des Exiles!

Man schläft sehr gut und träumt auch gut
In unseren Federbetten.
Hier fühlt die deutsche Seele sich frei
Von allen Erdenketten.

Sie fühlt sich frei und schwingt sich empor
Zu den höchsten Himmelsräumen.
O deutsche Seele, wie stolz ist dein Flug
In deinen nächtlichen Träumen!

Die Götter erbleichen, wenn du nahst!
Du hast auf deinen Wegen
Gar manches Sternlein ausgeputzt
Mit deinen Flügelschlägen!

Franzosen und Russen gehört das Land,
Das Meer gehört den Briten,
Wir aber besitzen im Luftreich des Traums
Die Herrschaft unbestritten.

Hier üben wir die Hegemonie,
Hier sind wir unzerstückelt;
Die andern Völker haben sich
Auf platter Erde entwickelt. – –

Und als ich einschlief, da träumte mir,
Ich schlenderte wieder im hellen
Mondschein die hallenden Straßen entlang,
In dem altertümlichen Cöllen.

Und hinter mir ging wieder einher
Mein schwarzer, vermummter Begleiter.
Ich war so müde, mir brachen die Knie,
Doch immer gingen wir weiter.

Wir gingen weiter. Mein Herz in der Brust
War klaffend aufgeschnitten,
Und aus der Herzenswunde hervor
Die roten Tropfen glitten.

Ich tauchte manchmal die Finger hinein,
Und manchmal ist es geschehen,
Daß ich die Haustürpfosten bestrich
Mit dem Blut im Vorübergehen.

Und jedesmal, wenn ich ein Haus
Bezeichnet in solcher Weise,
Ein Sterbeglöckchen erscholl fernher,
Wehmütig wimmernd und leise.

Am Himmel aber erblich der Mond,
Er wurde immer trüber;
Gleich schwarzen Rossen jagten an ihm
Die wilden Wolken vorüber.

Und immer ging hinter mir einher
Mit seinem verborgenen Beile
Die dunkle Gestalt – so wanderten wir
Wohl eine gute Weile.

Wir gehen und gehen, bis wir zuletzt
Wieder zum Domplatz gelangen;
Weit offen standen die Pforten dort,
Wir sind hineingegangen.

Es herrschte im ungeheuren Raum
Nur Tod und Nacht und Schweigen;
Es brannten Ampeln hie und da,
Um die Dunkelheit recht zu zeigen.

Ich wandelte lange den Pfeilern entlang
Und hörte nur die Tritte
Von meinem Begleiter, er folgte mir
Auch hier bei jedem Schritte.

Wir kamen endlich zu einem Ort,
Wo funkelnde Kerzenhelle
Und blitzendes Gold und Edelstein;
Das war die Drei-Königs-Kapelle.

Die heilgen drei Könige jedoch,
Die sonst so still dort lagen,
O Wunder! sie saßen aufrecht jetzt
Auf ihren Sarkophagen.

Drei Totengerippe, phantastisch geputzt,
Mit Kronen auf den elenden
Vergilbten Schädeln, sie trugen auch
Das Zepter in knöchernen Händen.

Wie Hampelmänner bewegten sie
Die längstverstorbenen Knochen;
Die haben nach Moder und zugleich
Nach Weihrauchduft gerochen.

Der Eine bewegte sogar den Mund
Und hielt eine Rede, sehr lange;
Er setzte mir auseinander, warum
Er meinen Respekt verlange.

Zuerst weil er ein Toter sei,
Und zweitens weil er ein König,
Und drittens weil er ein Heilger sei –
Das alles rührte mich wenig.

Ich gab ihm zur Antwort lachenden Muts:
Vergebens ist deine Bemühung!
Ich sehe, daß du der Vergangenheit
Gehörst in jeder Beziehung.

Fort! fort von Hier! im tiefen Grab
Ist Eure natürliche Stelle.
Das Leben nimmt jetzt in Beschlag
Die Schätze dieser Kapelle.

Der Zukunft fröhliche Kavallerie
Soll hier im Dome hausen.
Und weicht Ihr nicht willig, so brauch ich Gewalt
Und laß Euch mit Kolben lausen!

So sprach ich, und ich drehte mich um,
Da sah ich furchtbar blinken
Des stummen Begleiters furchtbares Beil –
Und er verstand mein Winken.

Er nahte sich, und mit dem Beil
Zerschmetterte er die armen
Skelette des Aberglaubens, er schlug
Sie nieder ohn Erbarmen.

Es dröhnte der Hiebe Widerhall
Aus allen Gewölben, entsetzlich, –
Blutströme schossen aus meiner Brust,
Und ich erwachte plötzlich.

Caput VIII

Von Cöllen bis Hagen kostet die Post
Fünf Taler sechs Groschen Preußisch.
Die Diligence war leider besetzt
Und ich kam in die offene Beichais.

Ein Spätherbstmorgen, feucht und grau,
Im Schlamme keuchte der Wagen;
Doch trotz des schlechten Wetters und Wegs
Durchströmte mich süßes Behagen.

Das ist ja meine Heimatluft!
Die glühende Wange empfand es!
Und dieser Landstraßenkot, er ist
Der Dreck meines Vaterlandes!

Die Pferde wedelten mit dem Schwanz
So traulich wie alte Bekannte,
Und ihre Mistküchlein dünkten mir schön
Wie die Äpfel der Atalante!

Wir fuhren durch Mühlheim. Die Stadt ist nett,
Die Menschen still und fleißig.
War dort zuletzt im Monat Mai
Des Jahres Einunddreißig.

Damals stand alles im Blütenschmuck
Und die Sonnenlichter lachten,
Die Vögel sangen sehnsuchtvoll,
Und die Menschen hofften und dachten –

Sie dachten: »Die magere Ritterschaft
Wird bald von hinnen reisen,
Und der Abschiedstrunk wird ihnen kredenzt
Aus langen Flaschen von Eisen!

Und die Freiheit kommt mit Spiel und Tanz,
Mit der Fahne, der weiß-blau-roten;
Vielleicht holt sie sogar aus dem Grab
Den Bonaparte, den Toten!«

Ach Gott! die Ritter sind immer noch hier,
Und manche dieser Gäuche,
Die spindeldürre gekommen ins Land,
Die haben jetzt dicke Bäuche.

Die blassen Kanaillen, die ausgesehn
Wie Liebe, Glauben und Hoffen,
Sie haben seitdem in unserm Wein
Sich rote Nasen gesoffen - - -

Und die Freiheit hat sich den Fuß verrenkt,
Kann nicht mehr springen und stürmen;
Die Trikolore in Paris
Schaut traurig herab von den Türmen.

Der Kaiser ist auferstanden seitdem,
Doch die englischen Würmer haben
Aus ihm einen stillen Mann gemacht,
Und er ließ sich wieder begraben.

Hab selber sein Leichenbegängnis gesehn,
Ich sah den goldenen Wagen
Und die goldenen Siegesgöttinnen drauf,
Die den goldenen Sarg getragen.

Den Elysäischen Feldern entlang,
Durch des Triumphes Bogen,
Wohl durch den Nebel, wohl über den Schnee
Kam langsam der Zug gezogen.

Mißtönend schauerlich war die Musik.
Die Musikanten starrten
Vor Kälte. Wehmütig grüßten mich
Die Adler der Standarten.

Die Menschen schauten so geisterhaft
In alter Erinnrung verloren –
Der imperiale Märchentraum
War wieder herauf beschworen.

Ich weinte an jenem Tag. Mir sind
Die Tränen ins Auge gekommen,
Als ich den verschollenen Liebesruf,
Das Vive l'Empereur! vernommen.

Caput IX

Von Cöllen war ich drei Viertel auf Acht
Des Morgens fortgereiset;
Wir kamen nach Hagen schon gegen Drei,
Da wird zu Mittag gespeiset.

Der Tisch war gedeckt. Hier fand ich ganz
Die altgermanische Küche.
Sei mir gegrüßt, mein Sauerkraut,
Holdselig sind deine Gerüche!

Gestovte Kastanien im grünen Kohl!
So aß ich sie einst bei der Mutter!
Ihr heimischen Stockfische, seid mir gegrüßt!
Wie schwimmt ihr klug in der Butter!

Jedwedem fühlenden Herzen bleibt
Das Vaterland ewig teuer –
Ich liebe auch recht braun geschmort
Die Bücklinge und Eier.

Wie jauchzten die Würste im spritzelnden Fett!
Die Krammetsvögel, die frommen
Gebratenen Englein mit Apfelmus,
Sie zwitscherten mir: Willkommen!

Willkommen, Landsmann, – zwitscherten sie –
Bist lange ausgeblieben,
Hast dich mit fremdem Gevögel so lang
In der Fremde herumgetrieben!

Es stand auf dem Tische eine Gans,
Ein stilles, gemütliches Wesen.
Sie hat vielleicht mich einst geliebt,
Als wir beide noch jung gewesen.

Sie blickte mich an so bedeutungsvoll,
So innig, so treu, so wehe!
Besaß eine schöne Seele gewiß,
Doch war das Fleisch sehr zähe.

Auch einen Schweinskopf trug man auf
In einer zinnernen Schüssel;
Noch immer schmückt man den Schweinen bei uns
Mit Lorbeerblättern den Rüssel.

Caput X

Dicht hinter Hagen ward es Nacht,
Und ich fühlte in den Gedärmen
Ein seltsames Frösteln. Ich konnte mich erst
Zu Unna, im Wirtshaus, erwärmen.

Ein hübsches Mädchen fand ich dort,
Die schenkte mir freundlich den Punsch ein;
Wie gelbe Seide das Lockenhaar,
Die Augen sanft wie Mondschein.

Den lispelnd westfälischen Akzent
Vernahm ich mit Wollust wieder.
Viel süße Erinnerung dampfte der Punsch,
Ich dachte der lieben Brüder,

Der lieben Westfalen, womit ich so oft
In Göttingen getrunken,
Bis wir gerührt einander ans Herz
Und unter die Tische gesunken!

Ich habe sie immer so lieb gehabt,
Die lieben, guten Westfalen,
Ein Volk so fest, so sicher, so treu,
Ganz ohne Gleißen und Prahlen.

Wie standen sie prächtig auf der Mensur
Mit ihren Löwenherzen!
Es fielen so grade, so ehrlich gemeint,
Die Quarten und die Terzen.

Sie fechten gut, sie trinken gut,
Und wenn sie die Hand dir reichen
Zum Freundschaftsbündnis, dann weinen sie;
Sind sentimentale Eichen.

Der Himmel erhalte dich, wackres Volk,
Er segne deine Saaten,
Bewahre dich vor Krieg und Ruhm,
Vor Helden und Heldentaten.

Er schenke deinen Söhnen stets
Ein sehr gelindes Examen,
Und deine Töchter bringe er hübsch
Unter die Haube – Amen!

Caput XI

Das ist der Teutoburger Wald,
Den Tacitus beschrieben,
Das ist der klassische Morast,
Wo Varus stecken geblieben.

Hier schlug ihn der Cheruskerfürst,
Der Hermann, der edle Recke;
Die deutsche Nationalität,
Die siegte in diesem Drecke.

Wenn Hermann nicht die Schlacht gewann,
Mit seinen blonden Horden,
So gäb es deutsche Freiheit nicht mehr,
Wir wären römisch geworden!

In unserem Vaterland herrschten jetzt
Nur römische Sprache und Sitten,
Vestalen gäb es in München sogar,
Die Schwaben hießen Quiriten!

Der Hengstenberg wär ein Haruspex
Und grübelte in den Gedärmen
Von Ochsen. Neander wär ein Augur
Und schaute nach Vögelschwärmen.

Birch-Pfeiffer söffe Terpentin,
Wie einst die römischen Damen.
(Man sagt, daß sie dadurch den Urin
Besonders wohlriechend bekamen.)

Der Raumer wäre kein deutscher Lump,
Er wäre ein römscher Lumpacius.
Der Freiligrath dichtete ohne Reim,
Wie weiland Flaccus Horatius.

Der grobe Bettler, Vater Jahn,
Der hieße jetzt Grobianus.
Me hercule! Maßmann spräche Latein,
Der Marcus Tullius Maßmanus!

Die Wahrheitsfreunde würden jetzt
Mit Löwen, Hyänen, Schakalen
Sich raufen in der Arena, anstatt
Mit Hunden in kleinen Journalen.

Wir hätten *einen* Nero jetzt
Statt Landesväter drei Dutzend.
Wir schnitten uns die Adern auf,
Den Schergen der Knechtschaft trutzend.

Der Schelling wär ganz ein Seneca,
Und käme in solchem Konflikt um.
Zu unsrem Cornelius sagten wir:
Cacatum non est pictum.

Gottlob! Der Hermann gewann die Schlacht,
Die Römer wurden vertrieben,
Varus mit seinen Legionen erlag,
Und wir sind Deutsche geblieben!

Wir blieben deutsch, wir sprechen deutsch,
Wie wir es gesprochen haben;
Der Esel heißt Esel, nicht asinus,
Die Schwaben blieben Schwaben.

Der Raumer blieb ein deutscher Lump
Und kriegt den Adlerorden.
In Reimen dichtet Freiligrath,
Ist kein Horaz geworden.

Gottlob, der Maßmann spricht kein Latein,
Birch-Pfeiffer schreibt nur Dramen
Und säuft nicht schnöden Terpentin
Wie Roms galante Damen.

O Hermann, dir verdanken wir das!
Drum wird dir, wie sich gebühret,
Zu Detmold ein Monument gesetzt;
Hab selber subskribieret.

Caput XII

Im nächtlichen Walde humpelt dahin
Die Chaise. Da kracht es plötzlich –
Ein Rad ging los. Wir halten still.
Das ist nicht sehr ergötzlich.

Der Postillon steigt ab und eilt
Ins Dorf, und ich verweile
Um Mitternacht allein im Wald.
Ringsum ertönt ein Geheule.

Das sind die Wölfe, die heulen so wild,
Mit ausgehungerten Stimmen.
Wie Lichter in der Dunkelheit
Die feurigen Augen glimmen.

Sie hörten von meiner Ankunft gewiß,
Die Bestien, und mir zu Ehre
Illuminierten sie den Wald
Und singen sie ihre Chöre.

Das ist ein Ständchen, ich merke es jetzt,
Ich soll gefeiert werden!
Ich warf mich gleich in Positur
Und sprach mit gerührten Gebärden:

»Mitwölfe! Ich bin glücklich heut
In Eurer Mitte zu weilen,
Wo so viel edle Gemüter mir
Mit Liebe entgegenheulen.

Was ich in diesem Augenblick
Empfinde, ist unermeßlich;
Ach! diese schöne Stunde bleibt
Mir ewig unvergeßlich.

Ich danke euch für das Vertraun,
Womit Ihr mich beehret
Und das Ihr in jeder Prüfungszeit
Durch treue Beweise bewähret.

Mitwölfe! Ihr zweifeltet nie an mir,
Ihr ließet Euch nicht fangen
Von Schelmen, die Euch gesagt, ich sei
Zu den Hunden übergegangen,

Ich sei abtrünnig und werde bald
Hofrat in der Lämmerhürde –
Dergleichen zu widersprechen war
Ganz unter meiner Würde.

Der Schafpelz, den ich umgehängt
Zuweilen, um mich zu wärmen,
Glaubt mirs, er brachte mich nie dahin,
Für das Glück der Schafe zu schwärmen.

Ich bin kein Schaf, ich bin kein Hund,
Kein Hofrat und kein Schellfisch –
Ich bin ein Wolf geblieben, mein Herz
Und meine Zähne sind wölfisch.

Ich bin ein Wolf und werde stets
Auch heulen mit den Wölfen –
Ja, zählt auf mich und helft Euch selbst,
Dann wird auch Gott Euch helfen!«

Das war die Rede, die ich hielt,
Ganz ohne Vorbereitung;
Verstümmelt hat Kolb sie abgedruckt
In der Allgemeinen Zeitung.

Caput XIII

Die Sonne ging auf bei Paderborn,
Mit sehr verdroßner Gebärde.
Sie treibt in der Tat ein verdrießlich Geschäft –
Beleuchten die dumme Erde!

Hat sie die eine Seite erhellt,
Und bringt sie mit strahlender Eile
Der andern ihr Licht, so verdunkelt schon
Sich jene mittlerweile.

Der Stein entrollt dem Sisyphus,
Der Danaiden Tonne
Wird nie gefüllt, und den Erdenball
Beleuchtet vergeblich die Sonne! –

Und als der Morgennebel zerrann,
Da sah ich am Wege ragen,
Im Frührotschein, das Bild des Manns,
Der an das Kreuz geschlagen.

Mit Wehmut erfüllt mich jedesmal
Dein Anblick, mein armer Vetter,
Der du die Welt erlösen gewollt,
Du Narr, du Menschheitsretter!

Sie haben dir übel mitgespielt,
Die Herren vom hohen Rate.
Wer hieß dich auch reden so rücksichtslos
Von der Kirche und vom Staate!

Zu deinem Malheur war die Buchdruckerei
Noch nicht in jenen Tagen
Erfunden; du hättest geschrieben ein Buch
Über die Himmelsfragen.

Der Zensor hätte gestrichen darin
Was etwa anzüglich auf Erden,
Und liebend bewahrte dich die Zensur
Vor dem Gekreuzigtwerden.

Ach! hättest du nur einen andern Text
Zu deiner Bergpredigt genommen,
Besaßest ja Geist und Talent genug,
Und konntest schonen die Frommen!

Geldwechsler, Bankiers, hast du sogar
Mit der Peitsche gejagt aus dem Tempel –
Unglücklicher Schwärmer, jetzt hängst du am Kreu
Als warnendes Exempel!

Caput XIV

Ein feuchter Wind, ein kahles Land,
Die Chaise wackelt im Schlamme,
Doch singt es und klingt es in meinem Gemüt:
Sonne, du klagende Flamme!

Das ist der Schlußreim des alten Lieds,
Das oft meine Amme gesungen –
»Sonne, du klagende Flamme!« das hat
Wie Waldhornruf geklungen.

Es kommt im Lied ein Mörder vor,
Der lebt' in Lust und Freude;
Man findet ihn endlich im Walde gehenkt,
An einer grauen Weide.

Des Mörders Todesurteil war
Genagelt am Weidenstamme;
Das haben die Rächer der Feme getan –
Sonne, du klagende Flamme!

Die Sonne war Kläger, sie hatte bewirkt,
Daß man den Mörder verdamme.
Ottilie hatte sterbend geschrien:
Sonne, du klagende Flamme!

Und denk ich des Liedes, so denk ich auch
Der Amme, der lieben Alten;
Ich sehe wieder ihr braunes Gesicht,
Mit allen Runzeln und Falten.

Sie war geboren im Münsterland,
Und wußte, in großer Menge,
Gespenstergeschichten, grausenhaft,
Und Märchen und Volksgesänge.

Wie pochte mein Herz, wenn die alte Frau
Von der Königstochter erzählte,
Die einsam auf der Heide saß
Und die goldnen Haare strählte.

Die Gänse mußte sie hüten dort
Als Gänsemagd, und trieb sie
Am Abend die Gänse wieder durchs Tor,
Gar traurig stehen blieb sie.

Denn angenagelt über dem Tor
Sah sie ein Roßhaupt ragen,
Das war der Kopf des armen Pferds,
Das sie in die Fremde getragen.

Die Königstochter seufzte tief:
O Falada, daß du hangest!
Der Pferdekopf herunter rief:
O wehe! daß du gangest!

Die Königstochter seufzte tief:
Wenn das meine Mutter wüßte!
Der Pferdekopf herunter rief:
Ihr Herze brechen müßte!

Mit stockendem Atem horchte ich hin,
Wenn die Alte ernster und leiser
Zu sprechen begann und vom Rotbart sprach,
Von unserem heimlichen Kaiser.

Sie hat mir versichert, er sei nicht tot,
Wie da glauben die Gelehrten,
Er hause versteckt in einem Berg
Mit seinen Waffengefährten.

Kyffhäuser ist der Berg genannt,
Und drinnen ist eine Höhle;
Die Ampeln erhellen so geisterhaft
Die hochgewölbten Säle.

Ein Marstall ist der erste Saal,
Und dorten kann man sehen
Viel tausend Pferde, blankgeschirrt,
Die an den Krippen stehen.

Sie sind gesattelt und gezäumt,
Jedoch von diesen Rossen
Kein einziges wiehert, kein einziges stampft,
Sind still, wie aus Eisen gegossen.

Im zweiten Saale, auf der Streu,
Sieht man Soldaten liegen,
Viel tausend Soldaten, bärtiges Volk,
Mit kriegerisch trotzigen Zügen.

Sie sind gerüstet von Kopf bis Fuß,
Doch alle diese Braven,
Sie rühren sich nicht, bewegen sich nicht,
Sie liegen fest und schlafen.

Hochaufgestapelt im dritten Saal
Sind Schwerter, Streitäxte, Speere,
Harnische, Helme, von Silber und Stahl,
Altfränkische Feuergewehre.

Sehr wenig Kanonen, jedoch genug
Um eine Trophäe zu bilden.
Hoch ragt daraus eine Fahne hervor,
Die Farbe ist schwarz-rot-gülden.

Der Kaiser bewohnt den vierten Saal.
Schon seit Jahrhunderten sitzt er
Auf steinernem Stuhl, am steinernen Tisch,
Das Haupt auf den Armen stützt er.

Sein Bart, der bis zur Erde wuchs,
Ist rot wie Feuerflammen,
Zuweilen zwinkert er mit dem Aug,
Zieht manchmal die Braunen zusammen.

Schläft er oder denkt er nach?
Man kanns nicht genau ermitteln;
Doch wenn die rechte Stunde kommt,
Wird er gewaltig sich rütteln.

Die gute Fahne ergreift er dann
Und ruft: zu Pferd! zu Pferde!
Sein reisiges Volk erwacht und springt
Lautrasselnd empor von der Erde.

Ein jeder schwingt sich auf sein Roß,
Das wiehert und stampft mit den Hufen!
Sie reiten hinaus in die klirrende Welt,
Und die Trompeten rufen.

Sie reiten gut, sie schlagen gut,
Sie haben ausgeschlafen.
Der Kaiser hält ein strenges Gericht,
Er will die Mörder bestrafen –

Die Mörder, die gemeuchelt einst
Die teure, wundersame,
Goldlockigte Jungfrau Germania –
Sonne, du klagende Flamme!

Wohl mancher, der sich geborgen geglaubt,
Und lachend auf seinem Schloß saß,
Er wird nicht entgehen dem rächenden Strang,
Dem Zorne Barbarossas! – – –

Wie klingen sie lieblich, wie klingen sie süß,
Die Märchen der alten Amme!
Mein abergläubisches Herze jauchzt:
Sonne, du klagende Flamme!

Caput XV

Ein feiner Regen prickelt herab,
Eiskalt, wie Nähnadelspitzen.
Die Pferde bewegen traurig den Schwanz,
Sie waten im Kot und schwitzen.

Der Postillon stößt in sein Horn,
Ich kenne das alte Getute –
»Es reiten drei Reiter zum Tor hinaus!« –
Es wird mir so dämmrig zu Mute.

Mich schläferte und ich entschlief,
Und siehe! mir träumte am Ende,
Daß ich mich in dem Wunderberg
Beim Kaiser Rotbart befände.

Er saß nicht mehr auf steinernem Stuhl,
Am steinernen Tisch, wie ein Steinbild;
Auch sah er nicht so ehrwürdig aus,
Wie man sich gewöhnlich einbildt.

Er watschelte durch die Säle herum
Mit mir im trauten Geschwätze.
Er zeigte wie ein Antiquar
Mir seine Kuriosa und Schätze.

Im Saale der Waffen erklärte er mir,
Wie man sich der Kolben bediene,
Von einigen Schwertern rieb er den Rost
Mit seinem Hermeline.

Er nahm ein Pfauenwedel zur Hand,
Und reinigte vom Staube
Gar manchen Harnisch, gar manchen Helm,
Auch manche Pickelhaube.

Die Fahne stäubte er gleichfalls ab,
Und er sprach: »Mein größter Stolz ist,
Daß noch keine Motte die Seide zerfraß,
Und auch kein Wurm im Holz ist.«

Und als wir kamen in den Saal,
Wo schlafend am Boden liegen
Viel tausend Krieger, kampfbereit,
Der Alte sprach mit Vergnügen:

»Hier müssen wir leiser reden und gehn,
Damit wir nicht wecken die Leute;
Wieder verflossen sind hundert Jahr,
Und Löhnungstag ist heute.«

Und siehe! der Kaiser nahte sich sacht
Den schlafenden Soldaten,
Und steckte heimlich in die Tasch
Jedwedem einen Dukaten.

Er sprach mit schmunzelndem Gesicht,
Als ich ihn ansah verwundert:
»Ich zahle einen Dukaten per Mann,
Als Sold, nach jedem Jahrhundert.«

Im Saale, wo die Pferde stehn
In langen, schweigenden Reihen,
Da rieb der Kaiser sich die Händ,
Schien sonderbar sich zu freuen.

Er zählte die Gäule, Stück vor Stück,
Und klätschelte ihnen die Rippen;
Er zählte und zählte, mit ängstlicher Hast
Bewegten sich seine Lippen.

»Das ist noch nicht die rechte Zahl« –
Sprach er zuletzt verdrossen –
»Soldaten und Waffen hab ich genug,
Doch fehlt es noch an Rossen.

Roßkämme habe ich ausgeschickt
In alle Welt, die kaufen
Für mich die besten Pferde ein,
Hab schon einen guten Haufen.

Ich warte, bis die Zahl komplett,
Dann schlag ich los und befreie
Mein Vaterland, mein deutsches Volk,
Das meiner harret mit Treue.«

So sprach der Kaiser, ich aber rief:
Schlag los, du alter Geselle,
Schlag los, und hast du nicht Pferde genug,
Nimm Esel an ihrer Stelle.

Der Rotbart erwiderte lächelnd: »Es hat
Mit dem Schlagen gar keine Eile,
Man baute nicht Rom in einem Tag,
Gut Ding will haben Weile.

Wer heute nicht kommt, kommt morgen gewiß,
Nur langsam wächst die Eiche,
Und chi va piano va sano, so heißt
Das Sprüchwort im römischen Reiche.«

Caput XVI

Das Stoßen des Wagens weckte mich auf,
Doch sanken die Augenlider
Bald wieder zu, und ich entschlief
Und träumte vom Rotbart wieder.

Ging wieder schwatzend mit ihm herum
Durch alle die hallenden Säle;
Er frug mich dies, er frug mich das,
Verlangte, daß ich erzähle.

Er hatte aus der Oberwelt
Seit vielen, vielen Jahren,
Wohl seit dem siebenjährigen Krieg,
Kein Sterbenswort erfahren.

Er frug nach Moses Mendelssohn,
Nach der Karschin, mit Intresse
Frug er nach der Gräfin Dubarry,
Des fünfzehnten Ludwigs Mätresse.

O Kaiser, rief ich, wie bist du zurück!
Der Moses ist längst gestorben,
Nebst seiner Rebekka, auch Abraham,
Der Sohn, ist gestorben, verdorben.

Der Abraham hatte mit Lea erzeugt
Ein Bübchen, Felix heißt er,
Der brachte es weit im Christentum,
Ist schon Kapellenmeister.

Die alte Karschin ist gleichfalls tot,
Auch die Tochter ist tot, die Klenke;
Helmine Chézy, die Enkelin,
Ist noch am Leben, ich denke.

Die Dubarry lebte lustig und flott,
Solange Ludwig regierte,
Der Fünfzehnte nämlich, sie war schon alt,
Als man sie guillotinierte.

Der König Ludwig der Fünfzehnte starb
Ganz ruhig in seinem Bette,
Der Sechzehnte aber ward guillotiniert
Mit der Königin Antoinette.

Die Königin zeigte großen Mut,
Ganz wie es sich gebührte,
Die Dubarry aber weinte und schrie,
Als man sie guillotinierte. – – –

Der Kaiser blieb plötzlich stille stehn,
Und sah mich an mit den stieren
Augen und sprach: »Um Gottes willn,
Was ist das, guillotinieren?«

Das Guillotinieren – erklärte ich ihm –
Ist eine neue Methode,
Womit man die Leute jeglichen Stands
Vom Leben bringt zu Tode.

Bei dieser Methode bedient man sich
Auch einer neuen Maschine,
Die hat erfunden Herr Guillotin,
Drum nennt man sie Guillotine.

Du wirst hier an ein Brett geschnallt; –
Das senkt sich; – du wirst geschoben
Geschwinde zwischen zwei Pfosten; – es hängt
Ein dreieckig Beil ganz oben; –

Man zieht eine Schnur, dann schießt herab
Das Beil, ganz lustig und munter; –
Bei dieser Gelegenheit fällt dein Kopf
In einen Sack hinunter.

Der Kaiser fiel mir in die Red:
»Schweig still, von deiner Maschine
Will ich nichts wissen, Gott bewahr,
Daß ich mich ihrer bediene!

Der König und die Königin!
Geschnallt! an einem Brette!
Das ist ja gegen allen Respekt
Und alle Etikette!

Und du, wer bist du, daß du es wagst,
Mich so vertraulich zu duzen?
Warte, du Bürschchen, ich werde dir schon
Die kecken Flügel stutzen!

Es regt mir die innerste Galle auf,
Wenn ich dich höre sprechen,
Dein Odem schon ist Hochverrat
Und Majestätsverbrechen!«

Als solchermaßen in Eifer geriet
Der Alte und sonder Schranken
Und Schonung mich anschnob, da platzten heraus
Auch mir die geheimsten Gedanken.

Herr Rotbart – rief ich laut – du bist
Ein altes Fabelwesen,
Geh, leg dich schlafen, wir werden uns
Auch ohne dich erlösen.

Die Republikaner lachen uns aus,
Sehn sie an unserer Spitze
So ein Gespenst mit Zepter und Kron;
Sie rissen schlechte Witze.

Auch deine Fahne gefällt mir nicht mehr,
Die altdeutschen Narren verdarben
Mir schon in der Burschenschaft die Lust
An den schwarz-rot-goldnen Farben.

Das Beste wäre, du bliebest zu Haus,
Hier in dem alten Kyffhäuser –
Bedenk ich die Sache ganz genau,
So brauchen wir gar keinen Kaiser.

Caput XVII

Ich habe mich mit dem Kaiser gezankt
Im Traum, im Traum versteht sich, –
Im wachenden Zustand sprechen wir nicht
Mit Fürsten so widersetzig.

Nur träumend, im idealen Traum,
Wagt ihnen der Deutsche zu sagen
Die deutsche Meinung, die er so tief
Im treuen Herzen getragen.

Als ich erwacht, fuhr ich einem Wald
Vorbei, der Anblick der Bäume,
Der nackten hölzernen Wirklichkeit,
Verscheuchte meine Träume.

Die Eichen schüttelten ernsthaft das Haupt,
Die Birken und Birkenreiser
Sie nickten so warnend – und ich rief:
Vergib mir, mein teurer Kaiser!

Vergib mir, o Rotbart, das rasche Wort!
Ich weiß, du bist viel weiser
Als ich, ich habe so wenig Geduld –
Doch komme du bald, mein Kaiser!

Behagt dir das Guillotinieren nicht,
So bleib bei den alten Mitteln:
Das Schwert für Edelleute, der Strick
Für Bürger und Bauern in Kitteln.

Nur manchmal wechsle ab, und laß
Den Adel hängen, und köpfe
Ein bißchen die Bürger und Bauern, wir sind
Ja alle Gottesgeschöpfe.

Stell wieder her das Halsgericht,
Das peinliche Karls des Fünften,
Und teile wieder ein das Volk
Nach Ständen, Gilden und Zünften.

Das alte heilige römische Reich,
Stells wieder her, das ganze,
Gib uns den modrigsten Plunder zurück
Mit allem Firlifanze.

Das Mittelalter, immerhin,
Das wahre, wie es gewesen,
Ich will es ertragen – erlöse uns nur
Von jenem Zwitterwesen,

Von jenem Kamaschenrittertum,
Das ekelhaft ein Gemisch ist
Von gotischem Wahn und modernem Lug,
Das weder Fleisch noch Fisch ist.

Jag fort das Komödiantenpack,
Und schließe die Schauspielhäuser,
Wo man die Vorzeit parodiert –
Komme du bald, o Kaiser!

Caput XVIII

Minden ist eine feste Burg,
Hat gute Wehr und Waffen!
Mit preußischen Festungen hab ich jedoch
Nicht gerne was zu schaffen.

Wir kamen dort an zur Abendzeit.
Die Planken der Zugbrück stöhnten
So schaurig, als wir hinübergerollt;
Die dunklen Gräben gähnten.

Die hohen Bastionen schauten mich an,
So drohend und verdrossen;
Das große Tor ging rasselnd auf,
Ward rasselnd wieder geschlossen.

Ach! meine Seele ward betrübt,
Wie des Odysseus Seele,
Als er gehört, daß Polyphem
Den Felsblock schob vor die Höhle.

Es trat an den Wagen ein Korporal
Und frug uns: wie wir hießen?
Ich heiße Niemand, bin Augenarzt
Und steche den Star den Riesen.

Im Wirtshaus ward mir noch schlimmer zu Mut,
Das Essen wollt mir nicht schmecken.
Ging schlafen sogleich, doch schlief ich nicht,
Mich drückten so schwer die Decken.

Es war ein breites Federbett,
Gardinen von rotem Damaste,
Der Himmel von verblichenem Gold,
Mit einem schmutzigen Quaste.

Verfluchter Quast! der die ganze Nacht
Die liebe Ruhe mir raubte!
Er hing mir, wie des Damokles Schwert,
So drohend über dem Haupte!

Schien manchmal ein Schlangenkopf zu sein,
Und ich hörte ihn heimlich zischen:
Du bist und bleibst in der Festung jetzt,
Du kannst nicht mehr entwischen!

O, daß ich wäre – seufzte ich –
Daß ich zu Hause wäre,
Bei meiner lieben Frau in Paris,
Im Faubourg-Poissonière!

Ich fühlte, wie über die Stirne mir
Auch manchmal etwas gestrichen,
Gleich einer kalten Zensorhand,
Und meine Gedanken wichen –

Gendarmen in Leichenlaken gehüllt,
Ein weißes Spukgewirre,
Umringte mein Bett, ich hörte auch
Unheimliches Kettengeklirre.

Ach! die Gespenster schleppten mich fort
Und ich hab mich endlich befunden
An einer steilen Felsenwand;
Dort war ich festgebunden.

Der böse schmutzige Betthimmelquast!
Ich fand ihn gleichfalls wieder,
Doch sah er jetzt wie ein Geier aus,
Mit Krallen und schwarzem Gefieder.

Er glich dem preußischen Adler jetzt,
Und hielt meinen Leib umklammert;
Er fraß mir die Leber aus der Brust,
Ich habe gestöhnt und gejammert.

Ich jammerte lange – da krähte der Hahn,
Und der Fiebertraum erblaßte.
Ich lag zu Minden im schwitzenden Bett,
Der Adler ward wieder zum Quaste.

Ich reiste fort mit Extrapost,
Und schöpfte freien Odem
Erst draußen in der freien Natur,
Auf bückeburgschem Boden.

Caput XIX

O, Danton, du hast dich sehr geirrt
Und mußtest den Irrtum büßen!
Mitnehmen kann man das Vaterland
An den Sohlen, an den Füßen.

Das halbe Fürstentum Bückeburg
Blieb mir an den Stiefeln kleben;
So lehmige Wege habe ich wohl
Noch nie gesehen im Leben.

Zu Bückeburg stieg ich ab in der Stadt,
Um dort zu betrachten die Stammburg,
Wo mein Großvater geboren ward;
Die Großmutter war aus Hamburg.

Ich kam nach Hannover um Mittagzeit,
Und ließ mir die Stiefel putzen.
Ich ging sogleich die Stadt zu besehn,
Ich reise gern mit Nutzen.

Mein Gott! da sieht es sauber aus!
Der Kot liegt nicht auf den Gassen.
Viel Prachtgebäude sah ich dort,
Sehr imponierende Massen.

Besonders gefiel mir ein großer Platz,
Umgeben von stattlichen Häusern;
Dort wohnt der König, dort steht sein Palast,
Er ist von schönem Äußern.

(Nämlich der Palast.) Vor dem Portal
Zu jeder Seite ein Schildhaus.
Rotröcke mit Flinten halten dort Wacht,
Sie sehen drohend und wild aus.

Mein Cicerone sprach: »Hier wohnt
Der Ernst Augustus, ein alter,
Hochtoryscher Lord, ein Edelmann,
Sehr rüstig für sein Alter.

Idyllisch sicher haust er hier,
Denn besser als alle Trabanten
Beschützet ihn der mangelnde Mut
Von unseren lieben Bekannten.

Ich seh ihn zuweilen, er klagt alsdann,
Wie gar langweilig das Amt sei,
Das Königsamt, wozu er jetzt
Hier in Hannover verdammt sei.

An großbritannisches Leben gewöhnt,
Sei es ihm hier zu enge,
Ihn plage der Spleen, er fürchte schier,
Daß er sich mal erhänge.

Vorgestern fand ich ihn traurig gebückt
Am Kamin, in der Morgenstunde;
Er kochte höchstselbst ein Lavement
Für seine kranken Hunde.«

Caput XX

Von Harburg fuhr ich in einer Stund
Nach Hamburg. Es war schon Abend.
Die Sterne am Himmel grüßten mich,
Die Luft war lind und labend.

Und als ich zu meiner Frau Mutter kam,
Erschrak sie fast vor Freude;
Sie rief: »mein liebes Kind!« und schlug
Zusammen die Hände beide.

»Mein liebes Kind, wohl dreizehn Jahr
Verflossen unterdessen!
Du wirst gewiß sehr hungrig sein –
Sag an, was willst du essen?

Ich habe Fisch und Gänsefleisch
Und schöne Apfelsinen.«
So gib mir Fisch und Gänsefleisch
Und schöne Apfelsinen.

Und als ich aß mit großem Apptit,
Die Mutter ward glücklich und munter,
Sie frug wohl dies, sie frug wohl das,
Verfängliche Fragen mitunter.

»Mein liebes Kind! und wirst du auch
Recht sorgsam gepflegt in der Fremde?
Versteht deine Frau die Haushaltung,
Und flickt sie dir Strümpfe und Hemde?«

Der Fisch ist gut, lieb Mütterlein,
Doch muß man ihn schweigend verzehren;
Man kriegt so leicht eine Grät in den Hals,
Du darfst mich jetzt nicht stören.

Und als ich den braven Fisch verzehrt,
Die Gans ward aufgetragen.
Die Mutter frug wieder wohl dies, wohl das,
Mitunter verfängliche Fragen.

»Mein liebes Kind! in welchem Land
Läßt sich am besten leben?
Hier oder in Frankreich? und welchem Volk
Wirst du den Vorzug geben?«

Die deutsche Gans, lieb Mütterlein,
Ist gut, jedoch die Franzosen,
Sie stopfen die Gänse besser als wir,
Auch haben sie bessere Saucen. –

Und als die Gans sich wieder empfahl,
Da machten ihre Aufwartung
Die Apfelsinen, sie schmeckten so süß,
Ganz über alle Erwartung.

Die Mutter aber fing wieder an
Zu fragen sehr vergnüglich,
Nach tausend Dingen, mitunter sogar
Nach Dingen, die sehr anzüglich.

»Mein liebes Kind! wie denkst du jetzt?
Treibst du noch immer aus Neigung
Die Politik? Zu welcher Partei
Gehörst du mit Überzeugung?«

Die Apfelsinen, lieb Mütterlein,
Sind gut, und mit wahrem Vergnügen
Verschlucke ich den süßen Saft,
Und ich lasse die Schalen liegen.

Caput XXI

Die Stadt, zur Hälfte abgebrannt,
Wird aufgebaut allmählig;
Wie 'n Pudel, der halb geschoren ist,
Sieht Hamburg aus, trübselig.

Gar manche Gassen fehlen mir,
Die ich nur ungern vermisse –
Wo ist das Haus, wo ich geküßt
Der Liebe erste Küsse?

Wo ist die Druckerei, wo ich
Die Reisebilder druckte?
Wo ist der Austerkeller, wo ich
Die ersten Austern schluckte?

Und der Dreckwall, wo ist der Dreckwall hin?
Ich kann ihn vergeblich suchen!
Wo ist der Pavillon, wo ich
Gegessen so manchen Kuchen?

Wo ist das Rathaus, worin der Senat
Und die Bürgerschaft gethronet?
Ein Raub der Flammen! Die Flamme hat
Das Heiligste nicht verschonet.

Die Leute seufzten noch vor Angst,
Und mit wehmütigem Gesichte
Erzählten sie mir vom großen Brand
Die schreckliche Geschichte:

»Es brannte an allen Ecken zugleich,
Man sah nur Rauch und Flammen!
Die Kirchentürme loderten auf
Und stürzten krachend zusammen.

Die alte Börse ist verbrannt,
Wo unsere Väter gewandelt
Und miteinander Jahrhunderte lang
So redlich als möglich gehandelt.

Die Bank, die silberne Seele der Stadt,
Und die Bücher, wo eingeschrieben
Jedweden Mannes Banko-Wert,
Gottlob! sie sind uns geblieben!

Gottlob! man kollektierte für uns
Selbst bei den fernsten Nationen –
Ein gutes Geschäft – die Kollekte betrug
Wohl an die acht Millionen.

Aus allen Ländern floß das Geld
In unsre offnen Hände,
Auch Viktualien nahmen wir an,
Verschmähten keine Spende.

Man schickte uns Kleider und Betten genug,
Auch Brot und Fleisch und Suppen!
Der König von Preußen wollte sogar
Uns schicken seine Truppen.

Der materielle Schaden ward
Vergütet, das ließ sich schätzen –
Jedoch den Schrecken, unseren Schreck,
Den kann man niemand ersetzen!«

Aufmunternd sprach ich: Ihr lieben Leut,
Ihr müßt nicht jammern und flennen,
Troja war eine bessere Stadt
Und mußte doch verbrennen.

Baut Eure Häuser wieder auf
Und trocknet Eure Pfützen,
Und schafft Euch beßre Gesetze an
Und beßre Feuerspritzen.

Gießt nicht zu viel Cayenne-Piment
In Eure Mokturtelsuppen,
Auch Eure Karpfen sind Euch nicht gesund,
Ihr kocht sie so fett mit den Schuppen.

Kalkuten schaden Euch nicht viel,
Doch hütet Euch vor der Tücke
Des Vogels, der sein Ei gelegt
In des Bürgermeisters Perücke. – –

Wer dieser fatale Vogel ist,
Ich brauch es Euch nicht zu sagen –
Denk ich an ihn, so dreht sich herum
Das Essen in meinem Magen.

Caput XXII

Noch mehr verändert als die Stadt
Sind mir die Menschen erschienen,
Sie gehn so betrübt und gebrochen herum,
Wie wandelnde Ruinen.

Die mageren sind noch dünner jetzt,
Noch fetter sind die feisten,
Die Kinder sind alt, die Alten sind
Kindisch geworden, die meisten.

Gar manche, die ich als Kälber verließ,
Fand ich als Ochsen wieder;
Gar manches kleine Gänschen ward
Zur Gans mit stolzem Gefieder.

Die alte Gudel fand ich geschminkt
Und geputzt wie eine Sirene;
Hat schwarze Locken sich angeschafft
Und blendend weiße Zähne.

Am besten hat sich konserviert
Mein Freund, der Papierverkäufer;
Sein Haar ward gelb und umwallt sein Haupt,
Sieht aus wie Johannes der Täufer.

Den **** den sah ich nur von fern,
Er huschte mir rasch vorüber;
Ich höre, sein Geist ist abgebrannt
Und war versichert bei Biber.

Auch meinen alten Zensor sah
Ich wieder. Im Nebel, gebücket,
Begegnet er mir auf dem Gänsemarkt,
Schien sehr darnieder gedrücket.

Wir schüttelten uns die Hände, es schwamm
Im Auge des Manns eine Träne.
Wie freute er sich, mich wieder zu sehn!
Es war eine rührende Szene. –

Nicht alle fand ich. Mancher hat
Das Zeitliche gesegnet.
Ach! meinem Gumpelino sogar
Bin ich nicht mehr begegnet.

Der Edle hatte ausgehaucht
Die große Seele soeben,
Und wird als verklärter Seraph jetzt
Am Throne Jehovahs schweben.

Vergebens suchte ich überall
Den krummen Adonis, der Tassen
Und Nachtgeschirr von Porzellan
Feil bot in Hamburgs Gassen.

Sarras, der treue Pudel, ist tot.
Ein großer Verlust! Ich wette,
Daß Campe lieber ein ganzes Schock
Schriftsteller verloren hätte. - -

Die Population des Hamburger Staats
Besteht, seit Menschengedenken,
Aus Juden und Christen; es pflegen auch
Die letztren nicht viel zu verschenken.

Die Christen sind alle ziemlich gut,
Auch essen sie gut zu Mittag,
Und ihre Wechsel bezahlen sie prompt,
Noch vor dem letzten Respittag.

Die Juden teilen sich wieder ein
In zwei verschiedne Parteien;
Die Alten gehn in die Synagog,
Und in den Tempel die Neuen.

Die Neuen essen Schweinefleisch,
Zeigen sich widersetzig,
Sind Demokraten; die Alten sind
Vielmehr aristokrätzig.

Ich liebe die Alten, ich liebe die Neun –
Doch schwör ich, beim ewigen Gotte,
Ich liebe gewisse Fischchen noch mehr,
Man heißt sie geräucherte Sprotte.

Caput XXIII

Als Republik war Hamburg nie
So groß wie Venedig und Florenz,
Doch Hamburg hat bessere Austern; man speist
Die besten im Keller von Lorenz.

Es war ein schöner Abend, als ich
Mich hinbegab mit Campen;
Wir wollten miteinander dort
In Rheinwein und Austern schlampampen.

Auch gute Gesellschaft fand ich dort,
Mit Freude sah ich wieder
Manch alten Genossen, zum Beispiel Chaufepié,
Auch manche neue Brüder.

Da war der Wille, dessen Gesicht
Ein Stammbuch, worin mit Hieben
Die akademischen Feinde sich
Recht leserlich eingeschrieben.

Da war der Fucks, ein blinder Heid
Und persönlicher Feind des Jehovah,
Glaubt nur an Hegel und etwa noch
An die Venus des Canova.

Mein Campe war Amphitryo
Und lächelte vor Wonne;
Sein Auge strahlte Seligkeit,
Wie eine verklärte Madonne.

Ich aß und trank, mit gutem Apptit,
Und dachte in meinem Gemüte:
»Der Campe ist wirklich ein großer Mann,
Ist aller Verleger Blüte.

Ein andrer Verleger hätte mich
Vielleicht verhungern lassen,
Der aber gibt mir zu trinken sogar;
Werde ihn niemals verlassen.

Ich danke dem Schöpfer in der Höh,
Der diesen Saft der Reben
Erschuf, und zum Verleger mir
Den Julius Campe gegeben!

Ich danke dem Schöpfer in der Höh,
Der, durch sein großes Werde,
Die Austern erschaffen in der See
Und den Rheinwein auf der Erde!

Der auch Zitronen wachsen ließ,
Die Austern zu betauen –
Nun laß mich, Vater, diese Nacht
Das Essen gut verdauen!«

Der Rheinwein stimmt mich immer weich
Und löst jedwedes Zerwürfnis
In meiner Brust, entzündet darin
Der Menschenliebe Bedürfnis.

Es treibt mich aus dem Zimmer hinaus,
Ich muß in den Straßen schlendern;
Die Seele sucht eine Seele und späht
Nach zärtlich weißen Gewändern.

In solchen Momenten zerfließe ich fast
Vor Wehmut und vor Sehnen;
Die Katzen scheinen mir alle grau,
Die Weiber alle Helenen. – – –

Und als ich auf die Drehbahn kam,
Da sah ich im Mondenschimmer
Ein hehres Weib, ein wunderbar
Hochbusiges Frauenzimmer.

Ihr Antlitz war rund und kerngesund,
Die Augen wie blaue Turkoasen,
Die Wangen wie Rosen, wie Kirschen der Mund,
Auch etwas rötlich die Nase.

Ihr Haupt bedeckte eine Mütz
Von weißem gesteiftem Linnen,
Gefältelt wie eine Mauerkron,
Mit Türmchen und zackigen Zinnen.

Sie trug eine weiße Tunika,
Bis an die Waden reichend.
Und welche Waden! Das Fußgestell
Zwei dorischen Säulen gleichend.

Die weltlichste Natürlichkeit
Konnt man in den Zügen lesen;
Doch das übermenschliche Hinterteil
Verriet ein höheres Wesen.

Sie trat zu mir heran und sprach:
»Willkommen an der Elbe,
Nach dreizehnjährger Abwesenheit –
Ich sehe, du bist noch derselbe!

Du suchst die schönen Seelen vielleicht,
Die dir so oft begegent
Und mit dir geschwärmt die Nacht hindurch,
In dieser schönen Gegend.

Das Leben verschlang sie, das Ungetüm,
Die hundertköpfige Hyder;
Du findest nicht die alte Zeit
Und die Zeitgenössinnen wieder!

Du findest die holden Blumen nicht mehr,
Die das junge Herz vergöttert;
Hier blühten sie - jetzt sind sie verwelkt,
Und der Sturm hat sie entblättert.

Verwelkt, entblättert, zertreten sogar
Von rohen Schicksalsfüßen -
Mein Freund, das ist auf Erden das Los
Von allem Schönen und Süßen!«

Wer bist du? - rief ich - du schaust mich an
Wie 'n Traum aus alten Zeiten -
Wo wohnst du, großes Frauenbild?
Und darf ich dich begleiten?

Da lächelte das Weib und sprach:
»Du irrst dich, ich bin eine feine,
Anständge, moralische Person;
Du irrst dich, ich bin nicht so Eine.

Ich bin nicht so eine kleine Mamsell,
So eine welsche Lorettin -
Denn wisse: ich bin Hammonia,
Hamburgs beschützende Göttin!

Du stutzest und erschreckst sogar,
Du sonst so mutiger Sänger!
Willst du mich noch begleiten jetzt?
Wohlan, so zögre nicht länger.«

Ich aber lachte laut und rief:
Ich folge auf der Stelle –
Schreit du voran, ich folge dir,
Und ging es in die Hölle!

Caput XXIV

Wie ich die enge Sahltrepp hinauf
Gekommen, ich kann es nicht sagen;
Es haben unsichtbare Geister mich
Vielleicht hinaufgetragen.

Hier, in Hammonias Kämmerlein,
Verflossen mir schnell die Stunden.
Die Göttin gestand die Sympathie,
Die sie immer für mich empfunden.

»Siehst du« – sprach sie – »in früherer Zeit
War mir am meisten teuer
Der Sänger, der den Messias besang
Auf seiner frommen Leier.

Dort auf der Kommode steht noch jetzt
Die Büste von meinem Klopstock,
Jedoch seit Jahren dient sie mir
Nur noch als Haubenkopfstock.

Du bist mein Liebling jetzt, es hängt
Dein Bildnis zu Häupten des Bettes;
Und, siehst du, ein frischer Lorbeer umkränzt
Den Rahmen des holden Porträtes.

Nur daß du meine Söhne so oft
Genergelt, ich muß es gestehen,
Hat mich zuweilen tief verletzt;
Das darf nicht mehr geschehen.

Es hat die Zeit dich hoffentlich
Von solcher Unart geheilet,
Und dir eine größere Toleranz
Sogar für Narren erteilet.

Doch sprich, wie kam der Gedanke dir,
Zu reisen nach dem Norden
In solcher Jahrzeit? Das Wetter ist
Schon winterlich geworden!«

O, meine Göttin! – erwiderte ich –
Es schlafen tief im Grunde
Des Menschenherzens Gedanken, die oft
Erwachen zur unrechten Stunde.

Es ging mir äußerlich ziemlich gut,
Doch innerlich war ich beklommen,
Und die Beklemmnis täglich wuchs –
Ich hatte das Heimweh bekommen.

Die sonst so leichte französische Luft,
Sie fing mich an zu drücken;
Ich mußte Atem schöpfen hier
In Deutschland, um nicht zu ersticken.

Ich sehnte mich nach Torfgeruch,
Nach deutschem Tabaksdampfe;
Es bebte mein Fuß vor Ungeduld,
Daß er deutschen Boden stampfe.

Ich seufzte des Nachts, und sehnte mich,
Daß ich sie wiedersähe,
Die alte Frau, die am Dammtor wohnt;
Das Lottchen wohnt in der Nähe.

Auch jenem edlen alten Herrn,
Der immer mich ausgescholten
Und immer großmütig beschützt, auch ihm
Hat mancher Seufzer gegolten.

Ich wollte wieder aus seinem Mund
Vernehmen den »dummen Jungen!«
Das hat mir immer wie Musik
Im Herzen nachgeklungen.

Ich sehnte mich nach dem blauen Rauch,
Der aufsteigt aus deutschen Schornsteinen,
Nach niedersächsischen Nachtigalln,
Nach stillen Buchenhainen.

Ich sehnte mich nach den Plätzen sogar,
Nach jenen Leidensstationen,
Wo ich geschleppt das Jugendkreuz
Und meine Dornenkronen.

Ich wollte weinen, wo ich einst
Geweint die bittersten Tränen –
Ich glaube, Vaterlandsliebe nennt
Man dieses törigte Sehnen.

Ich spreche nicht gern davon; es ist
Nur eine Krankheit im Grunde.
Verschämten Gemütes, verberge ich stets
Dem Publiko meine Wunde.

Fatal ist mir das Lumpenpack,
Das, um die Herzen zu rühren,
Den Patriotismus trägt zur Schau
Mit allen seinen Geschwüren.

Schamlose schäbige Bettler sinds,
Almosen wollen sie haben –
Ein'n Pfennig Popularität
Für Menzel und seine Schwaben!

O meine Göttin, du hast mich heut
In weicher Stimmung gefunden;
Bin etwas krank, doch pfleg ich mich,
Und ich werde bald gesunden.

Ja, ich bin krank, und du könntest mir
Die Seele sehr erfrischen
Durch eine gute Tasse Tee;
Du mußt ihn mit Rum vermischen.

Caput XXV

Die Göttin hat mir Tee gekocht
Und Rum hineingegossen;
Sie selber aber hat den Rum
Ganz ohne Tee genossen.

An meine Schulter lehnte sie
Ihr Haupt (die Mauerkrone,
Die Mütze, ward etwas zerknittert davon)
Und sie sprach mit sanftem Tone:

»Ich dachte manchmal mit Schrecken dran,
Daß du in dem sittenlosen
Paris so ganz ohne Aufsicht lebst,
Bei jenen frivolen Franzosen.

Du schlenderst dort herum und hast
Nicht mal an deiner Seite
Einen treuen deutschen Verleger, der dich
Als Mentor warne und leite.

Und die Verführung ist dort so groß,
Dort gibt es so viele Sylphiden,
Die ungesund, und gar zu leicht
Verliert man den Seelenfrieden.

Geh nicht zurück und bleib bei uns;
Hier herrschen noch Zucht und Sitte,
Und manches stille Vergnügen blüht
Auch hier, in unserer Mitte.

Bleib bei uns in Deutschland, es wird dir hier
Jetzt besser als ehmals munden;
Wir schreiten fort, du hast gewiß
Den Fortschritt selbst gefunden.

Auch die Zensur ist nicht mehr streng,
Hoffmann wird älter und milder
Und streicht nicht mehr mit Jugendzorn
Dir deine Reisebilder.

Du selbst bist älter und milder jetzt,
Wirst dich in manches schicken,
Und wirst sogar die Vergangenheit
In besserem Lichte erblicken.

Ja, daß es uns früher so schrecklich ging,
In Deutschland, ist Übertreibung;
Man konnte entrinnen der Knechtschaft, wie einst
In Rom, durch Selbstentleibung.

Gedankenfreiheit genoß das Volk,
Sie war für die großen Massen,
Beschränkung traf nur die gringe Zahl
Derjengen, die drucken lassen.

Gesetzlose Willkür herrschte nie,
Dem schlimmsten Demagogen
Ward niemals ohne Urteilspruch
Die Staatskokarde entzogen.

So übel war es in Deutschland nie,
Trotz aller Zeitbedrängnis –
Glaub mir, verhungert ist nie ein Mensch
In einem deutschen Gefängnis.

Es blühte in der Vergangenheit
So manche schöne Erscheinung
Des Glaubens und der Gemütlichkeit;
Jetzt herrscht nur Zweifel, Verneinung.

Die praktische äußere Freiheit wird einst
Das Ideal vertilgen,
Das wir im Busen getragen – es war
So rein wie der Traum der Liljen!

Auch unsre schöne Poesie
Erlischt, sie ist schon ein wenig
Erloschen; mit andern Königen stirbt
Auch Freiligraths Mohrenkönig.

Der Enkel wird essen und trinken genug,
Doch nicht in beschaulicher Stille;
Es poltert heran ein Spektakelstück,
Zu Ende geht die Idylle.

O, könntest du schweigen, ich würde dir
Das Buch des Schicksals entsiegeln,
Ich ließe dir spätere Zeiten sehn
In meinen Zauberspiegeln.

Was ich den sterblichen Menschen nie
Gezeigt, ich möcht es dir zeigen:
Die Zukunft deines Vaterlands –
Doch ach! du kannst nicht schweigen!«

Mein Gott, o Göttin! – rief ich entzückt –
Das wäre mein größtes Vergnügen,
Laß mich das künftige Deutschland sehn –
Ich bin ein Mann und verschwiegen.

Ich will dir schwören jeden Eid,
Den du nur magst begehren,
Mein Schweigen zu verbürgen dir –
Sag an, wie soll ich schwören?

Doch jene erwiderte: »Schwöre mir
In Vater Abrahams Weise,
Wie er Eliesern schwören ließ,
Als dieser sich gab auf die Reise.

Heb auf das Gewand und lege die Hand
Hier unten an meine Hüften,
Und schwöre mir Verschwiegenheit
In Reden und in Schriften!«

Ein feierlicher Moment! Ich war
Wie angeweht vom Hauche
Der Vorzeit, als ich schwur den Eid,
Nach uraltem Erzväterbrauche.

Ich hob das Gewand der Göttin auf
Und legte an ihre Hüften
Die Hand, gelobend Verschwiegenheit
In Reden und in Schriften.

Caput XXVI

Die Wangen der Göttin glühten so rot
(Ich glaube, in die Krone
Stieg ihr der Rum), und sie sprach zu mir
In sehr wehmütigem Tone:

»Ich werde alt. Geboren bin ich
Am Tage von Hamburgs Begründung.
Die Mutter war Schellfischkönigin
Hier an der Elbe Mündung.

Mein Vater war ein großer Monarch,
Carolus Magnus geheißen,
Er war noch mächtger und klüger sogar
Als Friedrich der Große von Preußen.

Der Stuhl ist zu Aachen, auf welchem er
Am Tage der Krönung ruhte;
Den Stuhl, worauf er saß in der Nacht,
Den erbte die Mutter, die gute.

Die Mutter hinterließ ihn mir,
Ein Möbel von scheinlosem Äußern,
Doch böte mir Rothschild all sein Geld,
Ich würde ihn nicht veräußern.

Siehst du, dort in dem Winkel steht
Ein alter Sessel, zerrissen
Das Leder der Lehne, von Mottenfraß
Zernagt das Polsterkissen.

Doch gehe hin und hebe auf
Das Kissen von dem Sessel,
Du schaust eine runde Öffnung dann,
Darunter einen Kessel –

Das ist ein Zauberkessel, worin
Die magischen Kräfte brauen,
Und steckst du in die Ründung den Kopf,
So wirst du die Zukunft schauen –

Die Zukunft Deutschlands erblickst du hier,
Gleich wogenden Phantasmen,
Doch schaudre nicht, wenn aus dem Wust
Aufsteigen die Miasmen!«

Sie sprachs und lachte sonderbar,
Ich aber ließ mich nicht schrecken,
Neugierig eilte ich den Kopf
In die furchtbare Ründung zu stecken.

Was ich gesehn, verrate ich nicht,
Ich habe zu schweigen versprochen,
Erlaubt ist mir zu sagen kaum,
O Gott! was ich gerochen! – – –

Ich denke mit Widerwillen noch
An jene schnöden, verfluchten
Vorspielgerüche, das schien ein Gemisch
Von altem Kohl und Juchten.

Entsetzlich waren die Düfte, o Gott!
Die sich nachher erhuben;
Es war, als fegte man den Mist
Aus sechsunddreißig Gruben. – – –

Ich weiß wohl, was Saint-Just gesagt
Weiland im Wohlfahrtsausschuß:
Man heile die große Krankheit nicht
Mit Rosenöl und Moschus –

Doch dieser deutsche Zukunftsduft
Mocht alles überragen,
Was meine Nase je geahnt –
Ich konnt es nicht länger ertragen – – –

Mir schwanden die Sinne, und als ich aufschlug
Die Augen, saß ich an der Seite
Der Göttin noch immer, es lehnte mein Haupt
An ihre Brust, die breite.

Es blitzte ihr Blick, es glühte ihr Mund,
Es zuckten die Nüstern der Nase,
Bacchantisch umschlang sie den Dichter und sang
Mit schauerlich wilder Ekstase:

»Bleib bei mir in Hamburg, ich liebe dich,
Wir wollen trinken und essen
Den Wein und die Austern der Gegenwart,
Und die dunkle Zukunft vergessen.

Den Deckel darauf! damit uns nicht
Der Mißduft die Freude vertrübet –
Ich liebe dich, wie je ein Weib
Einen deutschen Poeten geliebet!

Ich küsse dich, und ich fühle, wie mich
Dein Genius begeistert;
Es hat ein wunderbarer Rausch
Sich meiner Seele bemeistert.

Mir ist, als ob ich auf der Straß
Die Nachtwächter singen hörte –
Es sind Hymenäen, Hochzeitmusik,
Mein süßer Lustgefährte!

Jetzt kommen die reitenden Diener auch,
Mit üppig lodernden Fackeln,
Sie tanzen ehrbar den Fackeltanz,
Sie springen und hüpfen und wackeln.

Es kommt der hoch- und wohlweise Senat,
Es kommen die Oberalten;
Der Bürgermeister räuspert sich
Und will eine Rede halten.

In glänzender Uniform erscheint
Das Korps der Diplomaten;
Sie gratulieren mit Vorbehalt
Im Namen der Nachbarstaaten.

Es kommt die geistliche Deputation,
Rabbiner und Pastöre –
Doch ach! da kommt der Hoffmann auch
Mit seiner Zensorschere!

Die Schere klirrt in seiner Hand,
Es rückt der wilde Geselle
Dir auf den Leib – Er schneidet ins Fleisch –
Es war die beste Stelle.«

Caput XXVII

Was sich in jener Wundernacht
Des Weitern zugetragen,
Erzähl ich Euch ein andermal,
In warmen Sommertagen.

Das alte Geschlecht der Heuchelei
Verschwindet Gott sei Dank heut,
Es sinkt allmählig ins Grab, es stirbt
An seiner Lügenkrankheit.

Es wächst heran ein neues Geschlecht,
Ganz ohne Schminke und Sünden,
Mit freien Gedanken, mit freier Lust –
Dem werde ich Alles verkünden.

Schon knospet die Jugend, welche versteht
Des Dichters Stolz und Güte,
Und sich an seinem Herzen wärmt,
An seinem Sonnengemüte.

Mein Herz ist liebend wie das Licht,
Und rein und keusch wie das Feuer;
Die edelsten Grazien haben gestimmt
Die Saiten meiner Leier.

Es ist dieselbe Leier, die einst
Mein Vater ließ ertönen,
Der selige Herr Aristophanes,
Der Liebling der Kamönen.

Es ist die Leier, worauf er einst
Den Paisteteros besungen,
Der um die Basileia gefreit,
Mit ihr sich emporgeschwungen.

Im letzten Kapitel hab ich versucht
Ein bißchen nachzuahmen
Den Schluß der »Vögel«, die sind gewiß
Das beste von Vaters Dramen.

Die »Frösche« sind auch vortrefflich. Man gibt
In deutscher Übersetzung
Sie jetzt auf der Bühne von Berlin,
Zu königlicher Ergetzung.

Der König liebt das Stück. Das zeugt
Von gutem antiken Geschmacke;
Den Alten amüsierte weit mehr
Modernes Froschgequacke.

Der König liebt das Stück. Jedoch
Wär noch der Autor am Leben,
Ich riete ihm nicht sich in Person
Nach Preußen zu begeben.

Dem wirklichen Aristophanes,
Dem ginge es schlecht, dem Armen;
Wir würden ihn bald begleitet sehn
Mit Chören von Gendarmen.

Der Pöbel bekäm die Erlaubnis bald
Zu schimpfen statt zu wedeln;
Die Polizei erhielte Befehl
Zu fahnden auf den Edeln.

O König! Ich meine es gut mit dir
Und will einen Rat dir geben:
Die toten Dichter, verehre sie nur,
Doch schone die da leben.

Beleidge lebendige Dichter nicht,
Sie haben Flammen und Waffen,
Die furchtbarer sind als Jovis Blitz,
Den ja der Poet erschaffen.

Beleidge die Götter, die alten und neun,
Des ganzen Olymps Gelichter,
Und den höchsten Jehovah obendrein –
Beleidge nur nicht den Dichter!

Die Götter bestrafen freilich sehr hart
Des Menschen Missetaten,
Das Höllenfeuer ist ziemlich heiß,
Dort muß man schmoren und braten –

Doch Heilige gibt es, die aus der Glut
Losbeten den Sünder; durch Spenden
An Kirchen und Seelenmessen wird
Erworben ein hohes Verwenden.

Und am Ende der Tage kommt Christus herab
Und bricht die Pforten der Hölle;
Und hält er auch ein strenges Gericht,
Entschlüpfen wird mancher Geselle.

Doch gibt es Höllen, aus deren Haft
Unmöglich jede Befreiung;
Hier hilft kein Beten, ohnmächtig ist hier
Des Welterlösers Verzeihung.

Kennst du die Hölle des Dante nicht,
Die schrecklichen Terzetten?
Wen da der Dichter hineingesperrt,
Den kann kein Gott mehr retten –

Kein Gott, kein Heiland erlöst ihn je
Aus diesen singenden Flammen!
Nimm dich in Acht, daß wir dich nicht
Zu solcher Hölle verdammen.

Anhang

Paralipomena

[Abschied von Paris]

Ade, Paris, du teure Stadt,
Wir müssen heute scheiden,
Ich lasse dich im Überfluß
Von Wonne und von Freuden.

Das deutsche Herz in meiner Brust
Ist plötzlich krank geworden,
Der einzige Arzt, der es heilen kann,
Der wohnt daheim im Norden.

Er wird es heilen in kurzer Frist,
Man rühmt seine großen Kuren;
Doch ich gestehe, mich schaudert schon
Vor seinen derben Mixturen.

Ade, du heitres Franzosenvolk,
Ihr meine lustigen Brüder,
Gar närrische Sehnsucht treibt mich fort,
Doch komm ich in kurzem wieder.

Denkt Euch, mit Schmerzen sehne ich mich
Nach Torfgeruch, nach den lieben
Heidschnucken der Lüneburger Heid,
Nach Sauerkraut und Rüben.

Ich sehne mich nach Tabaksqualm,
Hofräten und Nachtwächtern,
Nach Plattdeutsch, Schwarzbrot, Grobheit sogar,
Nach blonden Predigerstöchtern.

Auch nach der Mutter sehne ich mich,
Ich will es offen gestehen,
Seit dreizehn Jahren hab ich nicht
Die alte Frau gesehen.

Ade, mein Weib, mein schönes Weib,
Du kannst meine Qual nicht fassen,
Ich drücke dich so fest an mein Herz,
Und muß dich doch verlassen.

Die lechzende Qual, sie treibt mich fort
Von meinem süßesten Glücke –
Muß wieder atmen deutsche Luft,
Damit ich nicht ersticke.

Die Qual, die Angst, der Ungestüm,
Das steigert sich bis zum Krampfe.
Es zittert mein Fuß vor Ungeduld,
Daß er deutschen Boden stampfe.

Vor Ende des Jahres bin ich zurück
Aus Deutschland, und ich denke
Auch ganz genesen, ich kaufe dir dann
Die schönsten Neujahrsgeschenke.

Zu Caput XXIII

»Du suchst vergebens! Du findest nicht mehr
Die lange Male, die dicke
Posaunenengel-Hannchen, du findest auch nicht
Die Braunschweiger Mummen-Friedrike.

Du suchst vergebens! Du findest nicht mehr
Den Schimmel, die falsche Marianne,
Pique-Aß-Luise, die rote Sophie,
Auch nicht die keusche Susanne.

Du findest die Strohpuppen-Jette nicht mehr,
Nicht mehr die große Malwine,
Auch nicht die Kuddelmuddel-Marie,
Auch nicht die Dragoner-Kathrine.

Das Leben verschlang sie, das Ungetüm,
Die unersättliche Hyder;
Du findest nicht die alte Zeit
Und die Zeitgenössinnen wieder!

Seitdem du uns verlassen hast,
Hat manches sich hier verwandelt,
Es wuchs ein junges Geschlecht heran,
Das anders fühlt und handelt.

Die Reste der Vergangenheit
Verwittern und verschwinden,
Du wirst jetzt auf der Schwiegerstraß
Ein neues Deutschland finden.«

Wer bist du – rief ich – daß du kennst
Die Namen jener Damen,
Die an des Jünglings Bildung einst
Den tätigsten Anteil nahmen?

Ja, ich gesteh, es hängt mein Herz
Ein bißchen an dem alten
Deutschland noch immer, ich denke noch gern
An die schönen verlornen Gestalten.

Doch du, wer bist du? Du scheinst mir bekannt,
Wie ein Bild aus alten Träumen –
Wo wohnst du? – kann ich mit dir gehn?
Laßt uns nicht lange säumen!

Zu Caput XXVI

I

Die Äser, die schon vermodert längst
Und nur noch historisch gestunken,
Sie dünsteten aus ihr letztes Gift,
Halb Tote, halb Halunken.

Und gar das heilige Gespenst,
Die auferstandene Leiche,
Die ausgesogen das Lebensblut
Von manchem Volk und Reiche,

Sie wollte noch einmal verpesten die Welt
Mit ihrem Verwesungshauche!
Entsetzliche Würmer krochen hervor
Aus ihrem faulen Bauche –

Und jeder Wurm ein neuer Vampir,
Der wieder tödlich gerochen,
Als man ihm durch den schnöden Leib
Den heilsamen Pfahl gestochen.

Es roch nach Blut, Tabak und Schnaps
Und nach gehenkten Schuften –
Wer übelriechend im Leben war,
Wie mußt er im Tode duften!

Es roch nach Pudeln und Dachsen und auch
Nach Mopsen, die zärtlich gelecket
Den Speichel der Macht und fromm und treu
Für Thron und Altar verrecket.

Das war ein giftiger Moderdunst,
Entstiegen dem Schinderpfuhle –
Drin lag die ganze Hundezunft,
Die ganze historische Schule.

II

Es ist ein König in Thule, der hat
Nen Becher, nichts geht ihm darüber,
Und wenn er aus dem Becher trinkt,
Dann gehen die Augen ihm über.

Dann steigen in ihm Gedanken auf,
Die kaum sich ließen ahnden,
Dann ist er kapabel und dekretiert,
Auf dich, mein Kind, zu fahnden.

Geh nicht nach Norden, und hüte dich
Vor jenem König in Thule,
Hüt dich vor Gendarmen und Polizei,
Vor der ganzen historischen Schule.

Parerga

I

Wir verlassen, teurer Leser,
Hier den grimmgen Bärenführer
Und die hartgeprüfte Mumma
Und wir folgen Atta Troll.

Wir erzählen, wie der edle
Refugié sich heimgeflüchtet
Zu den Seinen, wir beschreiben
Ganz genau den Bärenhaushalt.

Später gehn wir auf die Jagd,
Klimmen, klettern, schwitzen, träumen,
In Gesellschaft des Laskaro,
Der den Atta Troll getötet.

Traum der Sommernacht, phantastisch
Zwecklos ist mein Lied! Ja, zwecklos
Wie das Leben, wie die Liebe!
Wittert nicht darin Tendenzen –

Atta Troll ist kein Vertreter
Von dickhäutig deutscher Volkskraft,
Und er greift nicht allegorisch
Mit der Tatze in die Zeit ein –

Nicht einmal ein deutscher Bär
Ist mein Held. Die deutschen Bären –
Werden stets wie Bären tanzen,
Aber nicht die Kette brechen.

II

Traum der Sommernacht, phantastisch
Zwecklos ist mein Lied, ja zwecklos
Wie das Leben, wie die Liebe.
Keinem Zeitbedürfnis dient es.

Sucht darin nicht die Vertretung
Hoher Vaterlandsintressen;
Diese wollen wir befördern,
Aber nur in guter Prosa.

Ja, in guter Prosa wollen
Wir das Joch der Knechtschaft brechen –
Doch in Versen, doch im Liede
Blüht uns längst die höchste Freiheit.

Hier im Reich der Poesie,
Hier bedarf es keiner Kämpfe,
Laßt uns hier den Thyrsus schwingen
Und das Haupt mit Rosen kränzen!

III

Dir, Varnhagen, sei gewidmet
Dies Gedicht. Dem milden Freunde
Möge es als Antwort dienen
Auf den jüngsten seiner Briefe.

Ach! es ist vielleicht das letzte
Freie Waldlied der Romantik –
In des Tages Brand- und Schlachtlärm
Wird es kümmerlich verhallen!

Andre Zeiten, andre Vögel!
Andre Vögel, andre Lieder!
Wie sie schnattern! Jene Gänse
Die gemästet mit Tendenzen!

Auf der Zinne der Partei
Flattern sie mit lahmen Schwingen.
Platte Füße, heisre Kehlen,
Viel Geschrei und wenig Wolle.

Manche weißgefärbte Raben
Sind darunter. Diese krächzen
Spät und früh: die Gallier kommen!
Sind des Kapitoles Retter.

Andre Vögel, andre Lieder!
Gestern las ich in der Zeitung,
Daß der Tieck vom Schlag gerührt
Und geheimer Hofrat worden.

IV

Einsam sinnend, vor dem Herde,
Saß ich in der Hexenhütte;
Neben mir, den Kessel rührend,
Stand der tugendhafte Mops.

War es Neugier, war es Hunger?
Endlich nahm ich aus den Pfoten
Ihm den Löffel, und im Kessel
Fischt ich mir ein Stückchen Fleisch.

War ein großes Herz, gekocht
Ganz vortrefflich, äußerst schmackhaft,
Doch ich hatt es kaum verzehret,
Als ich hörte eine Stimme:

»O, der deutsche Fresser! Dieser
Frißt das Herz von einem Diebe,
Der gehenkt ward in Tolosa!
Kann man so gefräßig sein!«

Jene Worte rief ein Geier,
Einer von den ausgestopften,
Und die andern, wie im Chore,
Schnarrten: O, der deutsche Fresser!

Wer ein Diebesherz gegessen,
Der versteht, was das Gevögel
Pfeift und zwitschert, also heißt es;
Hab erprobt der Sage Wahrheit.

Denn seit jener Stunde bin ich
Aller Vogelsprachen kundig;
Ich versteh sogar die toten
Ausgestopften Dialekte.

Draußen klopfte es ans Fenster,
Und ich eilte es zu öffnen.
Sieben große Raben warens,
Die hereingeflogen kamen.

Nahten sich dem Feuer, wärmten
Sich die Krallen, leidenschaftlich
Ihre Fittige bewegend,
Krächzten auch diverse Flüche.

Sie verwünschten ganz besonders
Jenen Juden Mendizabel,
Der die Klöster aufgehoben,
Ihre lieben alten Nester.

Frugen mich: Wo geht der Weg
Nach Monacho Monachorum?
Links, links um die Ecke, sprach ich,
Grüßt mir dort den Pater Joseph.

Doch die schwarzen Emigranten
Weilten an dem Herd nicht lange,
Und sie flatterten von dannen
Wieder durch das offne Fenster.

Federvieh von allen Sorten
Kam jetzt ab und zu geflogen.
Unsre Hütte schien ein Wirtshaus
Für das reisende Gevögel.

Mehre Störche, einge Schwäne,
Auch verschiedne Eulen; diese
Klagten über schlechtes Wetter,
Sonnenschein und Atheismus.

In Gesellschaft zweier Gänse,
Die wie Wärterinnen aussahn
Und im Flug ihn unterstützten,
Kam ein kranker Pelikan.

Wärmte seine wunde Brust,
Und mit leidender Verachtung
Auf die Eulensippschaft blickend,
Zog er wieder fort durchs Fenster.

Auch etwelche Tauben schwirrten
An das Feuer, lachend, kullernd,
Und nachdem sie sich erquickt,
Flogen sie des Weges weiter.

Endlich kam ein Wiedehopf,
Kurzbeflügelt, stelzenbeinig.
Als er mich erblickt, da lacht er:
Kennst nicht mehr den Freund Hut-Hut?

Und ich selber mußte lachen,
Denn es war mein Freund Hut-Hut,
Der vor dritthalb tausend Jahren
Kabinettskurier gewesen

Und von Salomo, dem Weisen,
Mit Depeschen abgeschickt ward
An die holde Balkaisa,
An die Königin von Saba.

Jener glühte für die Schöne,
Die man ihm so schön geschildert,
Diese schwärmte für den Weisen,
Dessen Weisheit weltberühmt war.

Ihren Scharfsinn zu erproben
Schickten sie einander Rätsel,
Und mit solcherlei Depeschen
Lief Hut-Hut durch Sand und Wüste.

Rätselmüde zog die Köngin
Endlich nach Jeruscholayim,
Und sie stürzte mit Erröten
In die Arme Salomonis.

Dieser drückte sie ans Herz,
Und er sprach: Das größte Rätsel,
Süßes Kind, das ist die Liebe –
Doch wir wollen es nicht lösen!

Ja, Hut-Hut, der alte Vogel,
War es, der mir freundlich nahte,
Im verhexten Luftreviere,
In der Hütte der Uraka.

Alter Vogel! Unverändert
Fand ich ihn. Ganz gravitätisch,
Wie 'n Toupet, trug er noch immer
Auf dem Kopf das Federkämmchen.

Kreuzte auch das eine Streckbein
Übers andre, und geschwätzig
War er noch wie sonst; er kürzte
Mir die Zeit mit Hofgeschichten.

Er erzählte mir aufs neue,
Was mir schon Arabiens Dichter
Längst erzählt, wie Salomo
Einst bezwang den Todesengel

Und am Leben blieb - Unsterblich
Lebt er jetzt in Dschinnistan,
Herrschend über die Dämonen,
Als ein unbeschränkter König.

»Auch die Köngin Balkaisa« -
Sprach Hut-Hut - »ist noch am Leben
Kraft des Talismans, den weiland
Ihr der Herzgeliebte schenkte.

Residierend in den fernsten
Mondgebirgen Äthiopiens,
Blieb sie dennoch in Verbindung
Mit dem König Salomo.

Beide haben zwar gealtert
Und sich abgekühlt, doch schreiben
Sie sich oft, und ganz wie ehmals
Schicken sie einander Rätsel.

Kindisch freut sich Balkaisa,
Wenn das Rätsel, das sie aufgab,
Nicht gelöst ward von dem König,
Der vergeblich nachgegrübelt -

Und sie neckt ihn dann graziöse
Und behauptet, mit den Jahren
Werde er ein bißchen kopfschwach,
Nennt ihn Schlafmütz oder Schelling.

Seinerseits gab jüngst der König
Eine harte Nuß zu knacken
Seiner Freundin, und er schickte
Ihr durch mich die Rätselfrage:

Wer ist wohl der größte Lump
Unter allen deutschen Lumpen,
Die in allen sechsunddreißig
Deutschen Bundesstaaten leben?

Hundert Namen hat seitdem
Schon die Köngin eingesendet,
Immer schrieb zurück der König:
Kind, das ist noch nicht der größte! –

Sehr verdrießlich ist die Köngin!
Ob sie gleich durch Emissaire
Überall in Deutschland forschte,
Blieb sie doch die Antwort schuldig;

Denn so oft sie einen Lumpen
Als den größten proklamiert,
Läßt ihr Salomo vermelden:
Kind! es gibt noch einen größern! –

Als ich dies vernahm, da sprach ich:
Liebster Freund, die Balkaisa
Wird noch lang vergebens raten,
Wer der größte Lump in Deutschland.

Dort, in meiner teuren Heimat,
Ist das Lumpentum in Fortschritt,
Und es machen gar zu viele
Anspruch auf den Lumpen-Lorbeer.

Gestern noch schien dort der ****
Mir der größte Lump, doch heute
Dünkt er mir ein Unterlümpchen,
In Vergleichung mit dem ****

Und vielleicht im nächsten Zeitblatt
Offenbart sich uns ein neuer
Erzlumpazius, der unsern
Großen **** überlumpt.

V

Aus dem Spuk der Hexenwirtschaft
Steigen wir ins Tal hinunter;
Unsre Füße fassen wieder
Boden in dem Positiven.

Fort, Gespenster! Nachtgesichte!
Luftgebilde! Fieberträume!
Wir beschäftgen uns vernünftig
Wieder mit dem Atta Troll.

Wie gewöhnlich hockt der Alte
In der Höhle, bei den Jungen;
Diese liegen rings und schlafen
Mit dem Schnarchen der Gerechten.

Nur der Junker Einohr wacht,
Lauschend auf das Wort des Vaters,
Welcher misanthropisch wieder
Auf die Menschheit raisonniert.

»Ja, mein Sohn, am meisten ärgert
Mich der exklusive Hochmut
Jener aufgeblasnen Wesen,
Wenn sie Weltgeschichte schreiben.

Niemals ist von unsereinem
Hier die Rede, kaum erwähnen
Sie den Namen eines Pferdes,
Das getragen ihre Könge.

Läßt sich mal ein Mensch herab
Eines seiner Nebentiere
Im Gedichte zu besingen,
Zeigt sich wieder seine Selbstsucht:

Denn im Liede wie im Leben
Usurpiert er unsre Rechte,
Seine Subjektivität
Drängt sich vor in jedem Verse,

Und anstatt von einem Bären,
Den er feiern wollte, spricht er
Nur von sich und seinen kranken
Narretein und Hirngespinsten.

Dieses nennt er Ironie,
Und er lächelt - Ach, das Lächeln,
Jenes sauersüße Zucken
Um das Maul, ist unerträglich!

Wenn ich in dem Menschenantlitz
Das fatale Lächeln schaute,
Drehten sich herum entrüstet
Mir im Bauche die Gedärme!

Ja, noch weit impertinenter
Als durch Worte offenbart sich
Durch das Lächeln eines Menschen
Seiner Seele tiefste Frechheit.

Lächelt, schnippische Kanaillen!
Lächelt nur! Von Eurem Spotte,
Wie von Eurem Joch, wird endlich
Uns der große Tag erlösen.

Dächte jeder Bär, und dächten
Alle Tiere so wie ich,
Mit vereinten Kräften würden
Wir bekämpfen die Tyrannen.

Es verbände sich der Eber
Mit dem Roß, der Elefant
Schlänge brüderlich den Rüssel
Um das Horn des wackern Ochsen;

Bär und Wolf, von jeder Farbe,
Bock und Affe, selbst der Hase,
Wirkten einge Zeit gemeinsam,
Und der Sieg könnt uns nicht fehlen.

Einheit, Einheit ist das erste
Zeitbedürfnis. Einzeln wurden
Wir geknechtet, doch verbunden
Übertölpeln wir die Zwingherrn.

Einheit! Einheit! Und wir siegen,
Und ein Ende hat das Lächeln
Und das Monopol; wir gründen
Unsre große Republik.

Grundgesetz sei hier die Gleichheit
Aller Bestien auf der Erde,
Ohne Unterschied des Glaubens
Und des Fells und des Geruches.

Strenge Gleichheit! Jeder Esel
Sei befugt zum höchsten Staatsamt,
Und der Löwe soll dagegen
Mit dem Sack zur Mühle traben.

Was den Hund betrifft, so ist er
Freilich ein serviler Köter,
Weil Jahrtausende hindurch
Ihn der Mensch wie 'n Hund behandelt;

Doch in unserm Freistaat geben
Wir ihm wieder seine alten
Unveräußerlichen Rechte,
Und er wird sich bald veredeln.

Ja, sogar die Juden sollen
Volles Bürgerrecht genießen
Und gesetzlich gleichgestellt sein
Allen andern Säugetieren.

Nur das Tanzen auf den Märkten
Sei den Juden nicht gestattet;
Dies Amendement, ich mach es
Im Intresse meiner Kunst.

Aber horch, mein Sohn, ertönte
Draußen nicht die holde Stimme
Deiner Mutter? Süße Laute!
Mumma! Meine schwarze Mumma!«

Atta Troll, mit diesen Worten,
Sprang vom Boden, und er stürzte
Aus der Höhle, wie'n Verrückter.
Ach! er stürzte in sein Unglück.

Paralipomena

I

In dem großen Viehstall Gottes,
Den wir Erde nennen, findet
Jegliches Geschöpf die Krippe
Und darin sein gutes Futter!

II

Sternenfunkelnd liegt die Nacht
Auf den Bergen, wie ein Mantel
Von pechschwarzem Hermelin,
Der gespickt mit goldnen Schwänzchen.

Es versteht sich, daß der Kürschner
Toll war, der den Hermelin
Pechschwarz färbte und mit goldnen
Statt mit schwarzen Schwänzchen spickte –

Häng dich, Freiligrath, daß du
Nicht ergrübelt hast das Gleichnis
Von dem schwarzen Hermelin,
Der gespickt mit goldnen Schwänzchen.

Inhalt

WEITERFÜHRENDE LITERATUR

JÜRGEN BRUMMACK (Hg.): Heinrich Heine. Epoche - Werk - Wirkung, München 1980
FRANZ FUTTERKNECHT: Heinrich Heine. Ein Versuch, Tübingen 1985
HERBERT GUTJAHR: Zwischen Affinität und Kritik. Heinrich Heine und die Romantik, Frankfurt/Main 1984
WOLFGANG HÄDECKE: Heinrich Heine. Eine Biographie, München 1985
GERHARD HÖHN: Heine-Handbuch. Zeit, Person, Werk, Stuttgart 1987
HARTMUT KIRCHER: Heinrich Heine und das Judentum, Bonn 1973
LUDWIG MARCUSE: Heinrich Heine in Selbstzeugnissen und Bilddokumenten, Reinbek bei Hamburg 1960
WALTER WADEPUHL: Heinrich Heine. Sein Leben und seine Werke, Köln/Wien 1974
STEFAN B. WÜRFFEL: Heinrich Heine, München 1989
MICHAEL WERNER: Genius und Geldsack. Zum Problem des Schriftstellerberufs bei Heinrich Heine, Hamburg 1978
HANNE-GABRIELE RECK: Die spanische Romanze im Werke Heinrich Heines, Frankfurt/Main 1987
WINFRIED WOESLER: Heines Tanzbär. Historisch-literarische Untersuchungen zum "Atta Troll", Hamburg 1978
JOST HERMAND: Heines "Wintermärchen". In: ders. Sieben Arten, an Deutschland zu leiden, Frankfurt/Main 1979
DIETER P. MEIER-LENZ: Heinrich Heine - Wolf Biermann. Deutschland. Zwei Wintermärchen. Bonn 1985

k

Die Deutschen Klassiker

In der gleichen Reihe erscheinen:

J. W. Goethe	Die Leiden des jungen Werthers
G. A. Bürger	Münchhausen
H. Heine	Deutschland. Ein Wintermärchen.
	Atta Troll. Ein Sommernachtstraum
H. von Kleist	Die Marquise von O... Sämtliche Erzählungen
Th. Fontane	Effi Briest
E. T. A. Hoffmann	Die Elixiere des Teufels
Grimmelshausen	Simplicissimus
G. Freytag	Soll und Haben
J. von Eichendorff	Aus dem Leben eines Taugenichts
F. Schiller	Der Geisterseher. Sämtliche Erzählungen
J. W. Goethe	Die Wahlverwandtschaften
K. Ph. Moritz	Anton Reiser
G. Schwab	Die schönsten Sagen des klassischen Altertums
Th. Storm	Der Schimmelreiter. Andere Erzählungen
F. Hölderlin	Hyperion
G. E. Lessing	Nathan der Weise. Minna von Barnhelm
W. Hauff	Das Wirtshaus im Spessart
Ch. Morgenstern	Alle Galgenlieder
E. Mörike	Mozart auf der Reise nach Prag.
	Andere Erzählungen
F. Gerstäcker	Die Flußpiraten des Mississippi
A. von Chamisso	Peter Schlehmihls wundersame Geschichte
W. Raabe	Stopfkuchen
J. W. Goethe	Faust I. Faust II
G. Keller	Der grüne Heinrich

Weitere Titel folgen